馬踏天下
卷1
橫空出世
槍手一號 著

目錄
CONTENTS

第一章
亂世降臨

李清頭很痛，然而比頭痛更讓他恐懼的，是他不知身在何處，看看身周的情景，那宛如修羅地獄般的慘狀讓他的身體忍不住發起抖來。寧為太平犬，不做亂世人，看樣子，自己卻是這亂世人了。李清慢慢地平靜下來。

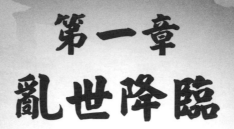

孤零零的山丘上，一面千瘡百孔的大楚旗幟斜斜地矗立在頂端，在夜風中獵獵作響，旗幟正中那碩大的楚字已不見了一半，被撕開的大洞宛如一張黑洞洞的大嘴，正肆意地嘲笑著什麼。一名士兵跌坐在旗幟之下，一手緊緊地攥著旗幟，頭垂在胸前，一柄長槍自胸口刺入，透體而過，深深地扎在地上，槍桿上的血早已變成了紫黑色，他已經死了很久，卻仍是不願鬆開那面旗幟。

環繞著這面旗幟，重重疊疊地倒下了不知有多少的屍體，**顯然，圍繞著這面旗幟，曾經有過一場極其慘烈的廝殺**，沿著山坡向下，敵我雙方的屍體交集在一起，死狀千奇百怪，一直延伸到遠處，草地早已變成暗紅色，粗粗看去，在這片方圓數里的草甸子上，敵我雙方起碼傷亡了數千人眾。

一隻盤旋的禿鷲興奮地發現了這個巨大的食物場地，帶著尖厲的嘯聲俯衝而下，卻驚起了正在地上撕扯著屍體的幾隻野狗，驚慌地四散奔開，隔了數丈之遙，卻又不甘地回頭，毛茸茸的頭上沾滿了鮮血，張開的鼻翼噴著粗重的氣息，咧開的大嘴滴滴噠噠地流淌著混合著鮮血和涎水的液體，牙縫之間依然殘存著絲絲肉糜。

驕傲的禿鷲不屑地掃了一眼不遠處的野狗，便逕自地用牠那彎曲而又尖利的硬喙，狠狠地啄向眼中的美味，撕下一塊，便仰起脖子吞咽下去。

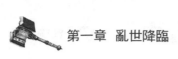

或許是緣自地上動物對翱翔於空中生物的一種不知名的畏懼，幾隻野狗示威般地咆哮了幾聲，前爪在地上抓撓了幾下，便偃旗息鼓，各自轉頭將利口對準了下一個目標，反正這裡的食物多不勝數，犯不著去面對不可知的危險。

一隻野狗將尖尖的牙齒刺進了目標的大腿，這裡的肉對於牠們而言，是最有嚼頭的美味。

口裡湧進來的溫熱液體也許讓這隻野狗察覺到了什麼，這口美食貌似與先前的有些不同，但卻更讓牠興奮，讓牠體內的腎上腺素瞬間上升了幾個量級，低低的嗚咽了一聲，利齒合攏，便待甩頭將這塊讓牠更興奮的美食撕扯下來。

「啊！」一聲淒厲的慘叫驀地在寂靜的草甸上響了起來，眼中的美食驀地從地上坐了起來，沾滿鮮血的血糊糊的臉上，一雙眼睛茫然地注視著近在咫尺的野狗。

野狗噭地一聲驚叫，鬆開大口，一個轉身便奔逃開去，跑開數丈，卻又停了下來，轉頭瞪著一雙綠瑩瑩的眼睛，死死地盯著先前的美食，不遠處那隻巨大的禿鷲受此驚嚇，也是驀地展開雙翅，帶起一股急風騰空而起，在草甸上盤旋。

野狗眼中的美食仍是帶著一雙茫然的眼睛轉頭四顧，眼中帶著驚恐，不解，迷茫，嘴中發出一陣陣囈語，卻連眼角也沒有掃一下幾步之遙的野狗。

或許是美食的態度激怒了野狗，也可能是尚在咽喉中流淌的那溫熱液體的美味激起了牠的野性，更可能是牠感到了羞恥，總之，這條野狗憤怒地咆哮了幾聲，突地狂吠著奔向目標。

接近目標，騰身而起，張開的大嘴對準了美食那因為抬頭凝視夜空而暴露的咽喉，牠對自己這一撲擊甚是滿意，甚至認為這是自己這一生最完美的一擊。

但牠那淺淺的思想到此為止，美食抬起了手，手上有一柄閃著寒光的鋼刀，正等在自己撲擊的路上，野狗眼中露出驚恐的光芒，卻無力停下，眼睜睜地看著自己如飛蛾撲火般地向那道寒光撲去。

牠聽到了鋼刀入肉的喀哧聲，然後，牠眼中的光芒驀地黯淡，身軀重重地從空中摔了下來。

也許，在生命的存活面前，尊嚴實在算不了什麼，既然今晚已經被禿鷲踐踏了一次，再來一次也沒什麼；更何況，這種站立的生物要比這些在空中的傢伙更可怕。如果這隻野狗還能思維的話，牠一定會發出這樣的感慨。

這隻野狗的死亡讓其他幾隻感受到了危險，牠們遠遠地奔開，便連那不可一世的禿鷲也避了開去，雖然不曾離開這片食場，但每每低頭撕扯上幾口，便會抬頭看看那跌坐在地上的人影。

李清頭很痛，那種撕裂般的疼痛讓他忍不住大聲地呻吟起來，然而**比頭痛更讓他恐懼的，是他不知身在何處，到底發生了什麼事情。**

看看身周的情景，那宛如修羅地獄般的慘狀讓他的身體忍不住發起抖來。

我在哪裡？這裡是什麼地方？是在做夢嗎？

不，不是在做夢，剛剛那噴在自己身上那溫熱的血液，還有身上的劇痛都是真真切切地存在著。

腦中劇烈的疼痛便在這恐懼之中不知不覺地消失，一條條訊息卻在這時自腦中掠過，**大楚，蠻族，戰爭，失敗，死亡，轉瞬之間，李清便明白了一切**，然而，他的身體卻抖得更厲害了。

半輪殘月，一地屍體，幽幽燃燒的殘火不僅沒有讓這天地間增添半分熱度，反而讓人更覺淒冷，嫋嫋上升的青煙被風瞬間吹散，消散於空中。

空中的禿鷲，遠處的野狗冷冷地看著遠處那跌坐在地上的血人揮舞著手裡的刀，指天罵地，從九天諸佛一直罵到十八層地獄，直罵得聲嘶力竭，終於又無力地仆倒在地，兀自揮著拳頭，一下一下地捶打著地面。

感覺到這血糊糊的傢伙對自己不會再構成什麼威脅，禿鷲和野狗們又將目標對準了自己的食物，只不過在大快朵頤的時候，偶而抬起頭，關注一下遠處這個讓牠們感到既莫名其妙，又有些害怕的生物。

仆倒在地的李清呼呼地喘著粗氣，嘴角冒著白沫，口乾舌燥的他早已無力再去高聲叫罵，失血過多再加上情緒激動，此時他的身體虛弱至極，指天罵地的快感剛剛過去，求生的念頭立時便湧上心頭。

寧為太平犬，不做亂世人，看樣子，自己卻是這亂世之人了。李清慢慢地平靜下來，身體上傳來的劇痛讓他的頭腦反而更加清醒。

疼痛主要來自兩個地方，一是頭上，另一處來自腿上，伸手摸摸頭上疼痛的地方，一陣針刺般的感覺立時傳來，看來頭上是遭到了什麼重物擊打的緣故。腿上卻是被那該死的野狗給咬傷的。

他試著讓自己站起來，雖然身體搖搖晃晃，但李清知道這是因為失血過多造成的昏眩，只要止住了血，就沒有大礙了。

看著四周那些缺胳膊少腿，甚至腦袋都不見的雙方戰士，李清不由慶幸起來，自己頭上受這一重擊便昏倒在地，卻是少遭了刀槍穿刺之苦了，若是挨上一刀，估計自己現在也就和地上的這些屍體一樣，早被野狗撕成碎片了。

打量著自己的身體，簡陋的軟甲只遮住了身體的幾個重要部位，粗麻織就的衣裳破爛不堪，李清苦笑一下，找到刀鞘，將刀掛在軟甲的搭扣上，又從地上尋到一支長槍，權且當作拐杖。

草甸這一仗，大楚看來是大敗虧輸了，自己得早些離開這鬼地方，李清知道，蠻族窮凶極惡，眼下可能是追擊逃走的大楚軍隊，回過頭來，便會來打掃戰場，這些死屍身上穿的皮甲，丟棄的兵器都會被他們剝走，若讓他們發現了自己，自己就得再一次前赴閻王殿了。

禿鷲有些害怕這個搖搖晃晃的人影，在李清趔趄著走了幾步，似乎有向牠靠攏的跡象，牠便立時振翅而起，在空中盤旋了幾圈，逕自落到了那小山丘之上，這裡，也有無盡的美食。

李清瞇著眼看著那禿鷲，旋即目光便落在那面破爛的旗幟上，無聲地嘆了口氣，現在自己是**大楚的一名戰士**，而且還是**一名雲麾校尉**，**一名低級軍官**，總不能讓自己軍隊的軍旗落在對方的手上。

拄著長槍，李清一步一挪地向山丘爬去，他要帶走那面軍旗。

禿鷲非常不滿意這個傢伙的選擇，居然又跟著自己來了，無奈地叫了一聲，再一次振翅而起，遠離了這塊地方，卻仍在空中盤旋不去，遠處的野狗滿意地吠了幾聲，居然有些像狼叫。

站在那個死也不肯鬆開手中旗幟的戰士面前，李清深深地鞠了一躬，無論什麼地方，勇敢而有信念的戰士都是受人尊敬的。

從旗桿上取下那面軍旗，看著旗幟一側，鮮紅的「**常勝**」兩個大字更顯諷刺，長勝長勝，現在卻是大敗了。

他將那面滿是破洞的大楚常勝營軍旗整整齊齊的疊好，小心地揣在懷裡，再一次地環視了一遍宛如修羅地獄般的戰場，拄著長矛，一瘸一拐地向著遠方走去，長長的影子拖在身後，孤單而淒涼。

秋風嗚咽，吹起一地的落葉，帶著無邊的蕭瑟翻滾著飛向遠處，暗黑的雲層彷彿要壓到地面，空氣沉悶得似乎要爆炸開來，絡繹不絕的難民拖兒帶女，綿延不絕地向著大楚邊境最大的城市定州奔來。

草甸兵敗，三萬大楚邊軍崩潰，定州周邊的定遠、威遠、鎮遠、撫遠要塞數天之內皆失，將數十萬大楚子民直接丟給了蠻族，蠻族瘋狂的燒殺劫掠，讓無數的村莊變為廢墟，處處屍橫遍野，不可計數的丁口被抓走，焚燒村莊的黑煙遮天蔽日，整個定州周邊一片愁雲慘霧。

此時，李清正盤腿坐在半山坡上，幾天的逃亡讓他精疲力竭，也讓他弄明白了很多事情，看著山下絡繹不絕逃難的人群，看到不時有潰兵或成群結隊，或縱馬呼嘯而過，大家都只有一個目標，那就是定州城，那裡還有堅固的城牆和數萬大軍可以保護自己的安全。

抬眼望天，不由一陣苦笑，**自己莫名其妙來到這個時代，附身於這個也叫李清的傢伙身上，不知是不是自己有什麼前生的孽債需要這世來還**。眼下的自己是該喜還是該悲？能活著固然很好，但這個世道，真不知自己還能活多久。

這幾天來，自己不停地融合這具身體的記憶，也承載著這具身體的一切，要說這李清的身體倒是比前世的自己要強多了，光是胸腹上那八塊鮮明的肌肉，便是前世的他夢想擁有，卻又因懶得去鍛鍊而不可能得到的。

想到這裡，他腿上的傷又開始痛了，心裡罵道：他媽的，也不知會不會得狂犬病！

「校尉，我們走吧！」身後一個絡腮鬍子嗡聲嗡氣地道。

在李清的身後，跟了數十個潰兵，這些人是李清一路逃難時聚集在他身邊的。這幫人都不是善類，有的是想搶劫李清身上的武器，被李清打倒後投降的，有的是在李清伏擊落單的蠻子時碰上的，總之，個個都是凶相畢露，敢殺敢砍的傢伙。

「走吧！」李清站了起來，蠻子的大軍一直在外遊蕩，別看前幾天碰上幾個落單的蠻子，自己這夥人一擁而上，殺得痛快，但只要碰上大隊人馬，那絕對是肉包子打狗，扔到裡面連個水花都激不起來的下場。

此時，能離定州近一步，便多一分的安全，畢竟，在定州，還有二萬大楚邊軍鎮守。

此時的李清已顧不上考慮什麼，**活著是他現在唯一的目的**，至於其他，走一步看一步吧。

但是混在逃難的人群中，周圍難民敵視的目光也讓他如坐針氈，那些憤怒目光中的痛恨讓李清暗自擔憂，不知什麼時候，這些失去理智的難民便會一湧而上，將自己撕成碎片。如果不是自己手裡還拿著長矛，腰裡掛著戰刀，李清相信這些人一定會將自己滅了。

這幾天，即便是睡覺，李清也要半睜著眼睛，但不堪入耳的辱罵聲仍不時地鑽入他的耳中。對此，李清無言以對，他覺得這些難民痛恨軍人是有理由的，雖然自己有些無辜。

百姓們微薄的收入除了要上繳朝廷的賦稅，還要交定州的邊稅，而這些邊稅就是用來奉養像自己這樣的大兵的。拿了別人的供奉，自然就要保護別人的安全，但是他們沒有做到！想到這一點，李清有些羞愧，在辱罵聲中，李清低著頭，一言不發。

但李清周圍的這些軍漢們可不是這樣想的，聽到不堪入耳的漫罵，一個個面目猙獰，氣憤難平。

「李校尉，他們欺人太甚了！」長著一臉絡腮鬍子的王啟年牙齒咬得格格作響，「不是老子不拼命作戰，老子刀下少說也死了幾個蠻兵，但那又濟得什麼事，大軍垮了，老子不跑，白白送死麼？」

精瘦的騎兵姜奎陰著臉，目光不時瞟著離他不過百來米的那匹棗紅色的高頭大馬。

那是他的座騎，前天被一群難民搶走了。那時他孤身一人，險被毆死，要不是武功還不錯，早就死翹翹了，今天居然看見他的馬被那些難民繫在一輛車上，充作挽馬。

「校尉，我是騎兵，馬就是我的命，這麼好的戰馬，居然被他們當挽馬用，用不了幾天，這馬就廢了。」

十幾個大兵聚在李清的周圍大吐苦水，「校尉，您快下令，這氣老子受夠了。」

一時群情洶湧，雖然是潰兵，但畢竟是上過戰場，見過血的，這時聚在一齊，聲勢大漲，都期待地看著李清，只要李清一聲令下，便要動手，難民雖然人多，但真要和這些戰兵打起來，一見血，只怕立即會一轟而散，那時便如虎驅羊群了。

一個小個子潰兵不聲不響地從靴筒裡摸出一把短刀，刀刃貼在小臂上，伸出舌尖舔了一下嘴角，眼裡凶光四射，四處打量著周圍的人群，似乎是在尋找下手的目標。

這傢伙叫馮國，也不知原先是幹什麼的，但看他握刀的手法，便知是個殺人的好手。

這些大兵的鼓噪聲讓聚在他們四周不遠的難民警覺起來，看到這群眼中凶光四射的潰兵，不由膽怯起來，不由自主地向後緩緩退去，片刻功夫，本來吵鬧的大路居然安靜了下來。

李清猛的拔出戰刀，眾潰兵不由眼露喜色，姜奎更是抬腳便想奔向自己的戰馬。

「都住嘴！」李清一聲怒喝，在眾潰兵驚愕的神色中，揚起戰刀道：「這些人罵得不錯，我們吃糧當兵，本就是要保護他們的；我們打敗了，讓他們妻離子散，家破人亡，他們有理由恨我們。誰敢傷害這些難民，老子劈了他！都給我老實點。」

眾人默然不語，姜奎沮喪地收回了腳。

他們都是多年老兵，常年在軍營之中，軍隊裡森嚴的等級已浸透了他們的血脈，雖然李清與他們不相統屬，但按照戰場紀律，潰兵、散兵必須接受所有他遇到的比自己軍職高的軍官的統一指揮，否則斬首勿論。更何況這些天與李清相處下來，眾人也都被他的膽略所折服，一路逃下來，居然被他們弄死了幾十個落單的蠻子。

李清將戰刀刷地插回到刀鞘，心裡卻是慶幸不已，還好這些潰兵還有那麼一點點紀律和羞恥感，也幸好自己還是個校尉，不然今天就不好收場了，自己受了傷，而王啟年等人卻是好端端的，看他們幾人的身板，真要單挑的話，自己不見得是對手。

見這夥潰兵偃旗息鼓，周圍的咒罵聲又響了起來。

看著周圍幾人不斷變化的神色，李清擔心自己會控制不住場面，不禁對周圍的難民也痛恨起來，媽的！你們能欺負一個潰兵，可這裡有十幾個，而且都是見過血的，真要打起來，你們值個屁啊。

「走吧，今天我們在這裡受過的屈辱，來日找蠻兵討回來。」李清拄著長矛，朝著定州方向走去，十幾個潰兵亦步亦趨地跟著他。

此時的定州，已是全城戒嚴，草甸兵敗，三萬邊軍覆滅，讓繁華的定州直接暴露在蠻族的兵鋒之下，而定州有數十年未見戰火了。本來繁華的城市顯得死氣沉沉，居民關門閉戶，商鋪歇業，街道上除了不時一隊隊跑過的軍隊外，幾乎看不到什麼人煙。

「馬鳴鳳，你這個王八蛋。」

定州大營，一聲怒吼遠遠地傳了出去。

定州軍軍主蕭遠山氣得發瘋，整整兩協六營，加上四座要塞，三萬士兵，就這樣葬送了，定州門戶大開，自己多年殫精竭慮，苦心維持的對蠻族的戰略優勢就此葬送，自今日起，定州攻守易位。

大楚軍制，一軍三協，一協三營，一營三翼，一翼三哨，一哨三果，定州軍在蕭遠山五年的精心經營之下，戰力提高極快。

但這一次作戰卻是情非得已，本來左協中協六營，加上四座軍寨的駐軍，三萬人齊頭並進，但左協偏將馬鳴鳳不聽號令，率本部輕軍而出，與蕭遠山的中協離得太遠，被蠻族大單于抓住戰機，穿插包圍擊敗，自己為了救他，不得不將中協傾巢而出，這才中了蠻子的埋伏，大敗虧輸。

這一仗，可說是輸掉了自己五年來好不容易建立起來的一點本錢，由不得蕭遠山不怒。

「將軍請息怒，馬將軍兵敗，下落不明，當務之急是要確保定州不失，才能論及其他啊。」蕭遠山的首席幕僚沈明臣，憂心忡忡地看著丟盔棄甲逃回來的蕭遠山勸道。

「馬鳴鳳，我要剮了你！」蕭遠山咬牙切齒，拔劍亂砍案几，幾劍下去，已是將虎案剁得稀亂。仍是餘怒未消，揚手將劍狠狠地投擲出去，擦著一名剛剛踏進大門的親兵的頭頂飛出去，將那人的頭盔擊得不知飛到了哪個旮旯。

親兵嚇得呆了，張大嘴巴看著蕭遠山，嘴唇開合，竟發不出絲毫聲音。

「什麼事慌裡慌張？」蕭遠山向親兵怒吼道。

這一聲吼總算將那親兵的魂叫了回來。

「將軍，知州大人請將軍過衙議事。」

此時的大楚王朝，早已非立國之初的大楚了，皇室失去當初的權威，數百年來更積累了無數的矛盾，也造就了無數的世家豪門，像**定州將軍蕭遠山**，**便出身於齊國公府；而知州方文山卻又是來自豪族方家**，眼下大楚各州基本把持在各世家之手，由皇室直接有效控制的州府屈指可數，可謂政令難出京城百里之外，許多州府裡，**百姓識得世家之命，卻不知皇室之威，大楚已顯暮色。**

定州兵敗，會對蕭家和方家造成什麼影響？方文山不得不慮，其他世家會不會趁此機會發難呢？

但現在的方文山顯然有更讓他燒腦的事，眼前的事已將他愁得將一叢美鬚扯斷了數根，鬢旁憑添了數根白髮，定州已成了戰場前哨，但有二萬定州軍在此，守住定州料想不是問題，洶湧向定州城湧來的難民才是真正令人頭痛的問題。

蠻族在定州周邊燒殺搶掠，這些難民來到定州城，不能閉門不納，否則朝廷的御史一本參上，即便自已仗著深厚的背景，不見得能將他拉下馬來，但灰頭土臉卻是必然。

然而將這十幾二十萬的難民放進城，如何安置他們卻是極大的問題，不說別的，光是吃飯，這麼多人就算喝粥，一天也得幾萬斤糧，定州的義倉根本支持不了多長時間。

已經陸續有難民抵達定州，想必明天大股的難民潮就將湧來，方文山已將所有的手下都派了出去，設置難民營、粥棚，所有的衙役也都上街預防騷亂發生。

整整一夜都沒有睡的方文山雖然兩眼紅腫，精疲力竭，仍不得不強打起精神，與定州將軍蕭遠山商議定州的防守問題。

全身披掛的蕭遠山走進議事廳時，方文山剛將一名屬吏打發出去，看到蕭遠山走進來，方文山立即迎上幾步，「蕭兄，未曾遠迎，尚請不要怪罪，這幾天我這裡太忙了。」

蕭遠山拱拱手，「方老弟，你我之間就甭客氣了。」

大楚豪門間相互經常拆臺，但蕭方兩家卻是例外，一是因為兩家本是姻親關係，二是蕭家勢大，方家勢弱，一直是蕭規方隨。

像定州，便是兩大世家共同把持，是以兩人倒是合作良好，一文一武，倒也將定州經營得井井有條，要不是這一次的大敗，二人稱得上是文輔武弼，相得益彰。

落座後，方文山沉吟片刻，終於開口問道：「蕭將軍，你一向用兵甚是穩重，這一次為何出了這麼大的紕漏？」

蕭遠山苦笑一聲，「方大人，你是知我的，但這一次卻讓馬鳴鳳害苦了，此次我讓馬副將作我偏師，與我齊頭並進，哪料得他居然如此狂妄輕敵，以左協三營兵力就妄想偷襲蠻族大營，輕騎而出，與我失去了倚仗，料敵不明，狂妄自大，讓蠻族大單于集結主力擊破，這才導致草甸大敗。」

「馬鳴鳳？」方文山手一抖，又扯下了幾根鬚子。

蕭遠山憤憤地一捶大腿，「就是他，現在他下落不明，生死不知，假如死了，那也一了百了，但若活著回來，我定不饒他！我真是瞎了眼，挑了這麼一個人作我的副將。」

方文山沉思片刻，道：「蕭兄，此事容後再說，文山今日請將軍來，是想問以兩萬兵守定州，可有恙否？」

蕭遠山點點頭，「大人但可放心，兩萬定州軍雖然野戰不足，守城卻是綽綽有餘，定州軍鎮，城高牆厚，險峻異常，想要攻克定州，即便蠻兵有十萬之眾也難攻下；何況，哼哼，蠻兵從哪裡變出十萬戰兵來？蠻族舉族動員，恐也只有十萬戰兵，又要守老巢，又要防備蔥嶺關外的室韋人，能有五萬戰兵來攻定州就不錯了。」

「那我就放心了。」方文山吁了口氣，雖然心中有所料定，但親耳聽到蕭遠山這員老將如此說，這才將一顆心放到了肚子裡。

「如此，我就只需安置好進城的難民就好了。」

蕭遠山點點頭：「方兄放心，守城就由我來做，你只需讓我後方無虞就好，草甸大敗後，我已將分駐各處的部隊集結到了定州；這些天，又陸續收攏了前方逃出來的一些潰兵，整編成一個營，現在定州城內有二萬三千餘戰兵，定可保定州無事。」

「如此，就有勞將軍了！」方文山站起身抱拳一揖，「值此危難之際，文山定與將軍共擔之。」

蕭遠山舉手行了個軍禮，「方兄放心。」

看到蕭遠山匆匆離去的背影，方文山重重地嘆了口氣，回到案邊，沉思片刻，提起筆來。

人潮滾滾，看到定州城那高大的城廓出現在眼前，李清長出了一口氣，終於安全了。

三天來，他一直提心吊膽，如果在回到定州之前碰上大隊蠻兵，那除了被宰掉，他實在想不出自己還有什麼出路。

腿上的傷早已結疤，走路已是無礙，相比頭上那依然腫起的大包，李清卻更擔心自己被野狗咬傷的腿，該不會得瘋狗病吧，貌似這病是有很長的潛伏期的。

城上一排排全副武裝的士兵肅立於秋風之中，裝上利箭的八牛弩閃著寒光，自城垛間探出頭來，巨大的床弩讓人望而生畏，一疊疊的圓木壘於城牆之上，如果開戰，那些擂木滾下來，收割的將是一條條鮮活的生命。

定州城門大開，兩排士兵肅立，正在聲嘶力竭地維持著入城秩序。

「難民到城西難民營入住，士兵到城隍廟收容營報到。」

聽到喊聲，李清帶著十幾名潰兵一路行向城隍廟。

那裡，一頂頂的帳篷已支起，從戰場上逃得性命的潰兵們正無精打采的在臨時營帳前登記。

「姓名，職條。」一名軍官提著筆，看也不看這些神色慘澹的士兵喝問道。

「李清，定州軍左協常勝營三翼一哨校尉。」

常勝營？軍官一驚，猛的抬起頭來：「你說你是常勝營的？」

「是啊，大人，有什麼問題嗎？」

「常勝營到現在只有你一個人回來！」

「啊！」李清一驚，**一營數千人，居然只有自己一個人回來**，猛的想起戰場上那縱橫交錯的屍體，眼眶不由紅了，「我也是從死人堆裡好不容易爬出來的。」

軍官點點頭道：「好，回來就好，李校尉，你命真大啊，現在你到新建選鋒營報到。」

李清一愣，「大人，我是常勝營軍官。」

軍官瞟了一眼李清，「李校尉，你是軍官，難道不知大楚軍制條例，常勝營已是全營覆滅，又丟失了營旗，依制，取消常勝營，永不再建，常勝營已經不存在了，速去選鋒營報到。」

「營旗？」李清一愣，忽地想起自己懷中的那面旗幟。

李清站得筆直，伸手從懷裡掏出那面破掉的旗幟，一抖展開，大聲道：「回稟大人，常勝營軍旗在此！軍旗在，依大楚軍制，常勝營將重建，我是常勝營軍官。」

四周忽地響起一片驚訝聲，一直跟隨著李清的王啟年與姜奎也是愕然，想不到這個李校尉居然將常勝營的營旗帶了回來。

登記軍官霍地站了起來，直直地看著李清。

他也是經歷了草甸大戰的，只不過他是定州主將蕭帥的中軍營，據他所知，常勝營是奉命斷後的，這些天，各營的潰兵都有，但就是沒有常勝營的兵，想必已是全軍覆滅，剛剛聽到這人是常勝營的，已是讓他驚訝萬分，現在看到這人竟將營旗也帶了回來，更是震驚了。

一般來說，營旗所在是敵方攻擊的重點，也是敵方必要搶奪的戰利品，全營覆滅之下，還能保存營旗，在軍中是很罕見的事情。

「李校尉，請稍等。」登記軍官向身邊的一名士兵低語幾句，看著士兵飛奔而去，這才說道：「茲事體大，我無權作主。」

定州軍大營。

將旗已移駐定州城內，徵收了一家富戶的大宅，將原來的大廳草草地收拾一下，便成了蕭遠山的議事廳，此時，蕭遠山與一眾將官正神色複雜地看著廳前站著的這名低級軍官。

三萬大軍潰敗，常勝營奉命斷後，雖然死戰不退，但全軍覆滅，這將成為定州軍軍史上無法磨滅的恥辱。

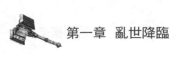

大楚立朝數百年，但在戰時將營旗丟失的事情，也只發生過五次，而這五次的主角雖然日後都是戰功累累，但終其一生也未得封侯拜公，究其緣由，便是因為在戰時丟失了自己的軍旗，即便日後定州軍滅了蠻族，這仍然是一個污點將被史書所載，所以蕭遠山恨。

展開在他案上的常勝營軍旗破亂不堪，比一塊抹布好不了多少，旗幟被撕裂成好幾片，飄零的布條上被箭矢撕開的破洞，讓他的心一陣陣刺痛，彷彿看到在這面旗幟下，無數兒郎一個個地倒下，血與火的戰場浮現在他的眼前，讓這個久經陣仗的老將不禁有些頭昏目眩。

「將軍！」看到蕭遠山有些失神，右協領軍、偏將呂大臨低聲提醒，讓蕭遠山從傷感中驚醒過來。

「李清，很好，常勝營斷後，全軍覆滅，但卻掩護了我定州主力安然返回，已是大功，你能帶回常勝營軍旗，讓我定州軍免遭失旗之恥，這裡，本將要多謝你了。」

李清踏前一步，朗聲道：「軍旗為軍人之魂，此乃李清本分，常勝營全軍覆滅，李清苟活，不敢當將軍之謝。」

蕭遠山點點頭：「草甸之敗，是本將用人失誤，不是爾等士兵之責，你很不錯。能在敵人重重圍困之下保住營旗，於國有大功，於定州軍有大功。」轉向帳中眾將，「各位，常勝營軍旗既存，依大楚軍制，常勝營可重建，你們意下如何？」

呂大臨看了一眼李清，道：「常勝營自然應當重建，不過大人，眼下從前線退回來的敗兵已被重組成了選鋒營，選鋒營尚不滿員，這常勝營……」

蕭遠山嗯了一聲，他早已任命了選鋒營主將等一系列軍官，這時想從選鋒營中抽人自是不行；但觀這李清，既然能從戰場上帶回營旗，並從激戰中保存性命，勇武是肯定的，先前問話，詢問戰場經歷，此人回答得有條有理，言語得當，顯然不同一般武夫，假以時日，說不得又是一員得力戰將。

但此人堅持要回常勝營，這就讓人有些為難了。

他看了呂大臨一眼，選鋒營主將呂大兵是他的弟弟，從選鋒營抽兵，呂大臨肯定不願意，要是從前，自可一言而決；但現下呂大臨的右協是自己唯一的依靠，不能不給他幾分面子，況且呂大臨是自己的心腹，分量自不是這低級軍官李清能比的。

蕭遠山心下計較停當，微笑著向李清道：「李校尉，你攜回常勝營軍旗，立下大功，當有重賞，本將命！」

說到這裡，他微一停頓。

李清明白，自己要升官了，當下翻身拜倒在地。

「自即日起，雲麾校尉李清晉升為鷹揚校尉。」

雲麾校尉是九品，振武校尉是八品，鷹揚校尉是七品，只是從戰場上帶回一面破旗便連升兩級，李清不由喜出望外，大聲道：「卑職多謝將軍。」

蕭遠山很滿意李清的反應，「常勝營重建，將在此戰之後，你是常勝營回來的，自當回常勝營效力，在新的常勝營主將任命之前，你便任常勝營左翼翼長。」

「呂參將！」蕭遠山看向右首一名將軍，新任的選鋒營參將呂大兵。

「卑職在。」呂大兵霍地起立。

「本將知道你選鋒營尚不滿員，但常勝營重建，各部都應鼎立支持，然而其他各營都要準備當前戰事，不能抽人，你部目前尚未形成戰力，便支援常勝營三百人吧。」

呂大兵略微遲疑了一下，選鋒營雖是新建，但手下可都是老兵，這些老兵只要稍加整編，便可成一支強軍，要他拿出三百人，可是真有些肉疼。

他瞄了眼大哥呂大臨，見大哥眼觀鼻，鼻觀心，沒有任何反應，只得無奈答道：「末將遵命。」

「李清，一翼編制為一千人，但現在實是沒有這麼多人，便先這樣吧，你稍後與呂參將接洽。」

李清抱拳道：「多謝將軍。」又轉向呂大兵，「多謝呂參將大力支持。」

呂大兵笑道：「本分之內，這裡先恭喜李校尉榮升。」

接下來的軍帳議事，李清可就沒份參加了，從蕭遠山那裡辭出後，李清不由滿心喜悅，這世道，升官可真是容易啊，眨眼間，自己便從九品爬到了七品，還有了一千個部下，當然，眼下還只有三百人，但只要有了這名分，有了編制，還怕沒有人麼？

李清喜滋滋地回到城隍廟，王啟年、姜奎等人擔心的等在那裡，看到李清回來，立即圍了上來，「李校尉，怎麼樣？」

李清笑道：「將軍隆恩，現在我是鷹揚校尉了。將軍允許我常勝營重建，我暫時任常勝營左翼翼長。怎麼樣，有沒有興趣到我左翼幹活？不說別的，一個哨長果長我現在可是有權任命的。」

王啟年等人都是大喜，大敗之餘，眾人都只為逃出一條性命而歡喜，對於前程本沒有什麼想法，現在喜從天降，打了敗仗還能升官，這樣的好事誰不幹?!當下一起抱拳，「敢不為校尉大人效死！」

「好，好！」李清笑歪了嘴巴，「王啟年，你現在便是我左翼一哨哨長了！姜奎，你便是左翼第二哨哨長，馮國，你是第三哨哨長。怎麼樣，等大戰過後，你們一個雲麾校尉是跑不了的。」

幾人都是狂喜，沒想到一下子便成了正兒八經的軍官了。

王啟年不用說了，看那鐵塔一般的身材，打架定是一個好手；姜奎在李清剛遇到他的時候，便為了他的馬術而驚訝，從那麼密集的人當中還能驅馬逃出那麼遠，沒兩把刷子是辦不到的；至於馮國，當時馮國從靴筒裡掏出短刀，看那握刀的手勢，李清便知這是個殺人好手，沒有相當的經驗，是不會在準備動手前將短刀那樣握住的。

現在，李清總算是將左翼的架子搭了起來，等從呂大兵那裡領回三百名士兵後，左翼便算是正式成立了。

第二章
樂陶居

無論定州怎麼亂，總會有一些地方宛如世外桃源，不受其擾；「樂陶居」就是這樣一個地方，而名醫恆熙便是這樣的一個人。「樂陶居」拿現在的話來說，便是一個高級會所，說得再直白一點，就是一個高級妓院。

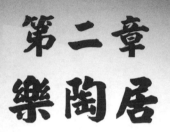

城隍廟西側，一個小小的營地立了起來，一面新領的旗幟迎風飄揚，常勝營左翼正式開營，光棍翼長領著幾個光棍哨長笑吟吟地立在旗下，一副志得意滿的樣子。

「什麼？這就是我的兵？」李清看著眼前的景象，目瞪口呆。

這哪裡是三百名士兵，分明是三百名傷號，耳邊一片呻吟，眼前盡是血跡，還有幾個無聲無息地躺在哪裡，也不知是死是活。

「是啊，是啊！」呂大兵一臉奸詐的笑容，「李校尉，我選鋒營剛剛草創，兵員嚴重不足，說實話，這些都是好兵啊，傷又不重，只要養好，那就如生龍活虎一般，而且又都上過戰場，見過血；嘖嘖，要不是大帥要我鼎力支持你，我可真捨不得他們啊，現在只好便宜李校尉了。」

看到呂大兵那副神情，李清恨不得一拳將這張臉打成柿餅，但他心裡明白，這一拳如果打出去，自己這個剛到手的鷹揚校尉肯定便沒了，說不定連原來的雲麾校尉頭銜也沒了，立馬降成一個小兵。

「多謝參將！」李清強迫自己堆上一臉的笑容。雖然是傷兵，但總算還是人，呂大兵說得倒也沒錯，只要他們能活著，肯定會成為好兵，但前提是能讓他們活下來啊，這時代可沒有抗生素，受了傷能活下來的機率並不大。

王啟年、姜奎、馮國呆呆地看著正在入營的傷兵們，一大群人你攙著我，我扶著你，一路呻吟不絕，更有幾個是用擔架抬著來的，李清去選鋒營時帶著的幾個士兵，此時全成了擔架兵，便是李清，胳膊上也架著一個傷兵。

「這就是我們的兵？」王啟年盯著李清。

「很長時間之內，他們就是我的兵了。」李清悶悶不樂地道。

「欺人太甚！」王啟年一拳砸在桌上，將桌上的東西震得都跳了起來。

李清不滿地看了他一眼，「老王，知道你勁大，用不著在我面前顯擺。」

「可大人，大帥答應給我們三百兵的。」

「是啊，是三百兵，但大帥可沒說三百傷兵不行。呂大兵跟我們玩這招，我們都沒處訴冤去。再說，你認為大帥會為我們與呂大兵較真麼？真要鬧起來，大帥最多不過笑呂大兵小心眼，可我們就平添一個仇家了，呂大兵可是呂偏將的弟弟，鬧翻了，對我們沒什麼好處。」

姜奎道：「大人，這三百兵都是傷兵，我剛才查看了一下，有十幾個重傷的，眼見是活不了啦，那兩百多輕傷的也不知能活下來多少？」

這幾個都是老行伍，知道受傷意味著什麼。

李清點頭道：「是啊，這是我們現在首先需要考慮的問題，**就是如何能讓他**

們盡可能地活下來。對了，馮國，我讓你去領的軍械、糧食都領回來了麼？」

「大人，兩百支長矛，一百柄戰刀，一百面皮盾，一百石糧食，三百套軍裝，都搬回來了。」馮國點頭道，「大帥發了話，這些東西並沒有受到剋扣，很爽快地給了我們。」

「嗯，這批軍械看來我們是暫時用不著了，你讓弟兄們先把自己裝備好，要有點精神。姜奎，你去找醫生，給弟兄們治傷。」

「是，大人，只是請醫生要銀子，我們現在身無分文啊！」姜奎為難地看了眼李清。

李清惱怒地抬起頭，發令道：「現在整個定州都成了戰備區，我想我們常勝營有權徵用本地醫館的醫生吧?!馬上去找，弟兄們可等不得，就是綁，你也得給我綁來。」

姜奎展顏一笑，舔了舔嘴角，「得令，大人，有你這句話，我保證給你綁一個來。」

李清翻了個白眼，轉頭對王啟年道：「啟年，你帶人去將營地整理一下，來了這麼多傷兵，別將營地搞得像垃圾堆，將傷患按輕重分營安置。」

「是。」王啟年轉身大步離去。

「馮國，你今天去武庫，可聽到了什麼消息嗎？」他問向在一邊無所事事的馮國。

「大人，現在定州城裡很緊張，都在傳言蠻兵馬上就要打過來了，中協裡的三個營已全部進入了一級戰備，聽說連剛整編的選鋒營也將被編入預備隊，知州方大人還在動員輕壯，總之，現在定州是準備打一場大仗了。」

李清撮了撮牙花，道：「蠻兵擅野戰不擅攻城，我看定州如此險峻，只要蠻族的頭領不是腦袋被驢踢了，就絕對不會來踢這塊鐵板。」

馮國笑道：「就怕那蠻族大首領蠻勁發作。」

李清哧地一笑，「蠻勁？馮國，你看這次在草甸，那傢伙調度兵馬，將馬副將吃得死死的，以五萬人馬生生吃掉了我們三萬強兵，是那種只懂蠻勁的人嗎？這傢伙很不簡單啊！」

馮國眼睛一亮：「那大人是認為蠻兵不會來啦？」

「那也說不準，至少來定州耍耍威風還是會的，反正現在定州軍是不可能出城與他野戰的。」

「嘿！」馮國兩掌一拍，「那倒是！說實話，大人，與蠻兵野戰真是可怕啊，不怕大人笑話，草甸一戰時，看到上萬戰馬奔騰而來，連地面都被馬蹄震動，我的腿都軟了。我定州騎軍不足，與蠻兵野戰的確不可取。」

李清淡淡說道，「步兵練好了，收拾騎兵那是易如反掌的事。」

馮國不信地搖搖頭，正想反駁，外面突然傳來一陣喧嘩聲，夾雜著一聲聲哭嚎，李清眉頭一皺，「出什麼事了？走，去看看！」

兩人大步出營。

看到李清到來，王啟年總算是看到了救星，狼狽地道：「好了，大人來了，你們有什麼話直接跟李大人講吧！」

王啟年周圍圍著一大圈傷兵，地上躺著兩個重傷號，正一人抱著他一條腿。

「什麼事？」李清警惕地看了眼圍成一團的傷兵，頭皮有些發炸。

「大人啊！我們雖然受了傷，但傷得不重，我們一定會挺過來的，求大人不要放棄我們。」不等李清明白出了什麼事，兩條腿已被兩個傷兵牢牢地抱住。

他頭皮一麻，差一點拔出了腰刀。

李清低頭看著抱著自己雙腿的兩個傷兵，一個胸腹按了一刀，只是胡亂地用布條纏了一下，血水正從破布下滲出來；另一個一隻眼睛沒了，鮮血從眼洞中不斷往外滲出。

「放開大人，你們想幹什麼？」馮國刷地拔出腰刀，厲聲道：「想要造反麼？」

兩名傷兵放開李清的腿，伏倒在地，大聲哭道：「大人，不要殺我們，我們很快就會好的，我們還能為大人打仗。」

李清奇道：「誰要殺你們？」

馮國猛的醒悟過來，伏在李清耳邊低聲道：「大人，我知道了，軍中一般對傷勢極重的傷兵都是補一刀，讓他們去得痛快一點，免得多受罪，剛剛大人讓王啟年移營，這些重傷號肯定以為是要殺他們了。」

李清心一抖，「這混帳規紀是誰定的？」

馮國驚訝地看了眼李清：「大人，這是軍中慣例啊，這些重傷號肯定是不能再上戰場了，就算花錢救他們，多半也救不回來，為了不花冤枉錢，所以一般都是補一刀了事。」

「放屁。」李清罵了聲。蹲下身子道：「兩位放心，我李清怎麼會殺害自己的袍澤呢，儘管放心吧。」

「那大人為什麼要將我們這些人另置一帳呢？」眼睛受了傷的傷兵問道。

「我已經去請醫生了，將你們單獨安置一營，是為了先救你們這些重傷的人。」李清和藹地道。

「大人說的是真的？」兩人懷疑地看著李清。

李清一笑，站了起來：「各位兄弟，今日當著所有人的面，李清發下誓言，自今日起，無論各位受了什麼樣的傷，我常勝營都不會放棄各位，如違此誓，讓我李清亂箭穿心，不得好死。」

所有的喧嘩聲隨著李清的話瞬間消失，整個營地變得安靜無比。

半晌，一個傷患突然跪了下來，激動地道：「多謝大人，願為大人效死。」

隨著第一個跪下，一個接一個的傷兵都跪倒在地，口中高聲喊道：「願為大人效死。」

李清擺擺手，「大家都起來吧，聽王大人安排移營，醫生馬上就到了。」

有了李清的承諾，移帳順利的進行，按照傷勢的輕重，很快將人員分到了不同的營帳，營內也逐漸安靜下來，原本哀聲不絕的傷兵都竭力忍住疼痛，即使實在忍不住，也都是壓抑著哼哼幾聲。

李清挨個地探視傷兵，神情卻是越來越凝重。

重傷患不說，原本傷得不重的人，傷口也開始發炎，膿水不斷混著血水流出來，代表這個人一隻腳已經踏入了鬼門關。

走出營帳，李清心情沉重，難不成剛剛接收了三百人，轉眼間又要變成光桿麼？**有什麼辦法能讓這些傷兵活下來呢？**這些都是上過戰場的老兵，如果能救活，可是一筆寶貴的財富啊！

馮國早就見慣了這些事，知道現在的情形意味著什麼，看著李清陰鬱的臉龐，寬解道：「大人，這也是沒辦法的事，只能聽天由命，能不能活下來，就看他們的運道了。」

李清咬著牙，「總得想想辦法才是，就這樣眼睜睜看著，實在是不甘心啊！姜奎怎麼還不回來？請個大夫也拖這麼久？」

正抱怨時，姜奎出現在視線裡，然而看他那垂頭喪氣的模樣，李清便知不妙。

「大人，我有負所託，沒有請到大夫！」姜奎低著頭，不敢看李清的眼睛。

「怎麼回事？偌大個定州，居然找不到半個大夫？」

「大人，不是沒有大夫，而是幾乎所有的大夫都被軍隊徵去了。」姜奎苦著臉道。

李清不解地說：「那不正好麼？你可以去向友軍要幾個來啊？」

姜奎無奈道：「大人，我去了，但是沒有人願意搭理我，好一點的，說他們也極緊缺人夫，實是抽不出人，好言拒絕；更甚的是，有些營官根本就不見我，直接將我轟了出來。」

李清不由色變，怒道：「這算什麼？難道我們便不是定州軍了麼，我要去見大帥！」一甩手便向外走去。

姜奎一把拉住李清：「大人，大帥位高權重，豈是我們想見便能見的？再說了，現在我們常勝營就這點人，還都是傷兵，大帥豈肯為了這點小事為難其他各營？現在大帥還要依仗他們來應付眼下的蠻兵呢。」

李清頓時洩了氣，姜奎說得不錯，蕭遠山是絕不會為了自己這夥殘兵敗將得罪其他各營的，他不由氣得牙癢癢的，要是常勝營還齊整，焉能受這種鳥氣！

「姜奎，定州就沒有一個大夫了麼？」他磨著牙在原地轉了幾個圈，突地抬起頭問。

「也不是沒有，還剩下一個，但我們肯定請不動。」姜奎回道。

李清氣極而笑：「什麼大夫架子如此之大，請不動？請不動你不會給我架來啊！」

姜奎驚道：「大人，可不能造次，這個大夫是有來路的，而且本事極大，即便是蕭大帥和方知州也不敢得罪他。光看定州所有大夫都被軍營弄走了，只有他穩若泰山，就知他的不凡了，要不然，哪裡還輪到我們啊?!」

「這人什麼來路？醫者應有仁心，現在我們這兒要死人了，好言去請，難不成他也見死不救麼？」李清問。

「這個大夫叫恆熙，是定州本地人，聽說醫術極高，洪武三年，皇帝陛下病重，太醫束手無策，後來，二皇子訪得其人，請去為陛下診治，當真是手到病除，在京師月餘，便令皇帝陛下又起死回生；陛下大喜之餘，感念恆熙醫術通天，便徵其為太醫院正，但他拒不從命，在京師開了家診館。」

李清冷笑道：「聽起來倒是一個視榮華為糞土的人，不過，他既然能開醫館，當為懸壺救世，為何不能來我軍營診治士兵？」

姜奎擺手道：「他雖然開了醫館，但診費極高，出診一次便需紋銀百兩，哪一個平民百姓請得起他?!所以他的病人無一不是非富極貴。在京師十數年間，所交之人都是高高在上的人物，便是他的弟子，如今也大都在太醫院任職。他的兒子恆道臨，更是如今的太醫院正，你說這樣一個人，我們敢去打他的主意麼？」

李清不由沉默，一聽之下，他便知道這恆熙是一個手眼通天的人物，別說是他一個小小的鷹揚校尉，恐怕便是大帥，也不願得罪他。

媽的！他在心裡恨恨地罵了聲，回望營帳，轉了幾圈道：

「醫生我來想辦法，但我們也要做點什麼。姜奎，你和王啟年從現在起，便在營裡帶著士兵，將傷兵換下的繃帶都洗乾淨，然後用開水煮沸，晾乾後再給士兵換上，以後凡是給士兵包紮的繃帶都要照此方式辦理。」

姜奎奇道：「大人，這是為何？」

李清也懶得解釋這是為了消毒，當然他也知道，即便是解釋，這些原理他也明白不了。

「還有，儘量找些新鮮肉片，貼在那些已經化膿的傷口上。」

姜奎嘴巴張成了O形，「這，這有用麼？」

李清不耐地道：「做了便知道有沒有用，你沒有做，怎麼知道不行。」

看到李清發怒，姜奎雖滿心不解，也只得照做。

回到自己的營帳，李清滿心惱怒，說到底，**還不是因為自己權小位卑，沒有實力，要是手裡有幾千虎賁，中協的那些營官老爺們會這樣無視自己麼？**他們根本就沒上過戰場，要那些醫生何用？

馮國湊了上來，「大人，我倒是有辦法將這位恆大夫請來。」

李清眼睛一亮，旋即疑惑地道：「你有什麼辦法？」

馮國陰笑地說：「大人，我們晚上去將他綁來，我就不信刀子架在他脖子上，他敢不來？」

李清眉毛一挑：「胡說些什麼，這傢伙來頭極大，我可惹不得，即便將他綁了來，勉強讓他從命，但事過之後，他隨便給我們上點眼藥，以我們的身分，定當死無葬身之地。」

馮國做了個手勢，「等事過之後，咱們神不知鬼不覺地做了他，現在定州兵荒馬亂的，誰知道是我們做的？」

李清心猛的跳了一下，直直地看著馮國，直看得馮國心裡發毛，強笑道：「我知道這是個餿主意，大人權當沒聽見便是。」

「馮國，你以前是做什麼的啊？怎麼聽你的口氣，像是個做綁匪的老手啊？」李清懷疑地道。

馮國的臉上滲出細細的汗珠，尷尬地說：「大人，我從軍前的確是做土匪的，不過後來隨著大當家的接受了招安，早已從良了。」

從良？李清不由大笑起來，「好好，從良，說得好。」

馮國惴惴不安地看著李清，卻聽李清口風一轉，「你說得也有道理，綁了來，嘿嘿，不錯，不錯！不過，我們還是要去請一下，說不定這恆大夫有濟世之心呢，如果請不來，便只好用綁的了。」

馮國一聽大喜，不由摩拳擦掌地道：「綁人我最有經驗了，以前在山寨的時候，都是由我策劃的，大人，此事交給我好了。」

無論定州怎麼亂，總會有一些地方宛如世外桃源，不受其擾；也總有一些人雲淡風輕，仍自風花雪月，高臥吟唱，「樂陶居」就是這樣一個地方，而名醫恆熙便是這樣的一個人。

「樂陶居」拿現在的話來說，便是一個高級會所，說得再直白一點，就是一個高級妓院。

當然，這樣的地方不是一般人能進得來的，不是你有兩個錢，女人便會脫了褲子讓你上的低檔青樓，這裡的姑娘需要的不僅是錢，還要你有名氣，有風度，能吟詩作畫，彈唱俱佳，方才歡迎你進來。

但能進來不代表你便能成為入幕之賓，還要看這裡的姑娘對你瞧不瞧得上眼。所以，能來「樂陶居」的，大多是定州有名的士子才人，或是有名望的紳士官員，而定州軍的軍官來這裡的極少，幾乎沒有，因為要他們拿起刀劍表演功夫容易，讓他們吟詩作對，那可就太難為他們了。

連定州軍的主帥蕭遠山跟著知州方文山來過一次後，就再也不曾踏足這裡，據傳是蕭大帥在那裡很吃了一番癟，但到底內情如何，除了當事人，外人就不得而知了。

所以今天「樂陶居」的知客看到幾個穿著簇新軍服的軍官昂首闊步進來後，眼睛都直了。

這幾個人當然便是李清與他的部下了。

兩天來，李清幾次前往恆府求見，都吃了閉門羹，連恆熙的面都沒有見著，今兒終於探得這老小子來「樂陶居」找樂子，李清便決意要當個不速之客了，你家我進不去，這青樓，老子還進不去麼？將你堵在樓子裡，哈哈，說不定有些話更好說不是?!

懷著惡搞心情的李清，換上剛發下的鷹揚校尉的軍官制服，志高氣揚地踏進了「樂陶居」。

「軍爺，怎麼有空來我們『樂陶居』啊，不知有何公務？或是來找哪位大人？」知客笑容滿面迎上來。

李清大馬金刀地坐了下來，四下打量，這「樂陶居」看起來還真不像是個青樓，大廳裡佈置得素雅得體，也沒有想像中的鶯鶯燕燕，反而幽靜得很。透過廳裡通向裡間的簾子，依稀可見是一個占地頗大的園子。

迎上來的這個知客一身青衣，頭戴儒生方巾，倒像一個學究。

「沒什麼公務，就是閒來無事，聽人說這『樂陶居』名氣頗大，便來瞧上一瞧。」李清揮揮手，隨口道。

說話間，丫頭捧上茶來，放在李清面前。知客微微一笑，原來是個**沒見過世面的傢伙想來瞧個新鮮**，卻不知這「樂陶居」的規矩。

「這樣啊，不知軍爺有沒有相熟的姑娘？」

「我是第一次來，哪裡有什麼相熟的姑娘？」李清笑道。

「那可就有些難辦了，軍爺不知我們這裡的規矩，一般無人引介的話，我們是不接待的。」知客彬彬有禮地道。

李清低頭喝茶，腦子裡轉著怎麼把話引到恆熙身上。

他身後站著的馮國卻惱了，冷哼一聲道：「好大的架子啊，不就是個樓子麼，大爺來便來了，還想怎地？」

知客臉上笑容不變，嘴裡可就不大客氣起來：「瞧這位軍爺說的，我們『樂陶居』是樓子不假，但即便是知州方大人來了，也是客客氣氣的，當年蕭大帥也是由方大人引介來的。」

言下之意，你們的頭兒來這都要守規矩，你們幾個蝦兵蟹將想耍什麼威風?!

馮國的臉漲紅了，張張嘴想說什麼，李清一抬手，讓他閉上嘴。

「先前見恆爺來這裡了。」

知客臉色微微一變，「軍爺認識恆爺？」

李清乾笑一聲，「久仰大名，不知恆爺在這裡與哪位姑娘盤桓？」

知客腦子裡轉了轉，實是鬧不明白眼前的這名軍官到底是來幹什麼的。

「恆爺正在見茗煙小姐呢。」

李清站了起來，道：「那好，我們就去見茗煙小姐吧，順便也正好拜見一下名滿天下的恆神醫。」

知客張了張嘴，看著李清，不知說什麼好。

茗煙是他們這裡的頭牌，不僅美貌無雙，而且精擅吟詩作對，彈唱俱佳，迎來送往的都是定州的頭面人物，這個軍官不過是一名鷹揚校尉，居然張嘴就要見茗煙。

「前頭帶路吧！」李清淡淡地道。

知客愣怔了半晌，方才道：「『樂陶居』規矩，要見茗煙小姐，先要付一百兩紋銀。」

「啊！」這下不僅馮國，連李清都有些發愣了，「這麼貴？」

看到李清的神色，知客倒是恢復了神色，「貴嗎？不貴吧，而且付錢後，我們只負責將客人帶到茗煙小姐的樓下，見與不見，那可要看茗煙小姐自己了。」

馮國的火氣再一次地爆發了，「一百兩紋銀，還不見得能見到人？你們怎麼不去搶啊？奶奶的，比蠻族還蠻橫啊！」

知客聳聳肩，意思是：你們出不起銀子就趕快閃人吧。

李清心裡也惱了起來，一個妓女擺這麼大的譜，真當自己是金枝玉葉啊?!要不是為了堵人，我才懶得甩你咧！

無奈形勢逼人，只好沉著臉對馮國道：「付錢！」

馮國罵罵咧咧地從懷裡掏出幾張銀票，從中抽出一張遞給知客，臉上肉疼至極，這是他剛剛領來的全營的軍餉，這一下便去了五分之一。

接過錢的知客也不廢話，眼裡只閃著兩個字：**白癡**！茗煙豈會見你們這些大兵，這百兩銀子摔水裡還聽個響呢。

隨著知客走進「樂陶居」的內堂，李清才發現裡面果然是別有洞天，一座典型的江南園林，假山流水，畫廊小橋，翠竹蒼松間隱著一座座樓閣，不時有絲竹之音隱隱傳來。

順著曲徑小道，幾人走到一樓朱紅小樓前，知客道：「這裡便是茗煙小姐的居所了，幾位軍爺請停步，我這便前去通報。」

李清笑道：「請便。」便背負雙手，饒有興趣地欣賞起園內景色來。

樓內，恆熙斜臥在案几前，几上放著幾樣精緻的點心，一壺溫好的酒冒著微微的白汽，將醇美的酒香散發出來，一手支額，一手在案几上輕輕地敲著拍子，傾聽著對面女子彈箏。

門輕輕地被推開，茗煙的貼身婢女青兒輕手輕腳地走了進來，以目示意。

茗煙目光一閃，手撫在琴上，音樂倏然而止。

恆熙睜開眼，正坐而起，拍手讚道：「好，好，茗煙姑娘，一月不見，你的箏技又有精進，得聞如此雅音，老夫當浮一大白。」自顧倒了杯酒，仰頭喝盡，又微閉雙目，似在回憶，嘴裡仍在喃喃地道：「餘音繞梁，餘音繞梁啊！」

青兒俯身在茗煙的耳邊低語一陣，茗煙眼裡閃過一陣驚異，目光瞄了眼對面的恆熙，道：「恆公，有客來了。」

恆熙不以為意，「哦，是誰啊？如是茗煙的老朋友，不妨請他進來一同小飲幾杯，共賞姑娘的箏音絕技。」

茗煙嬌笑道：「不是小女子的朋友，是幾位軍爺，怕是來找恆公的吧，倒是肯下本錢呢！」

「找我？」恆熙一愣，腦子裡轉了轉，「是不是幾個年輕軍官，領頭的是一個鷹揚校尉？」

茗煙點頭道：「恆公原來認識他們，那小女子這就請他們上來。」

恆熙哼了一聲：「可惱，當真是陰魂不散，居然找到這裡來了。」

茗煙奇道：「難不成是惡客？」

恆熙點頭：「不錯，這幾日，這幾個大頭兵無日不在我府前聒噪，要讓我去給他的兵治傷，真是笑話，我恆熙是什麼人，竟被他當成是走方郎中麼？不見不見！」

「既如此，小女子便替恆公打發了吧！」茗煙笑道：「青兒，你去告訴幾位客人，按規矩，要見我需要作出好的詩詞，抑或是能精通音律，如果幾位客人不能的話，便恕我無禮不見了。」

恆熙大笑：「好，此計大妙，諒他幾個丘八懂什麼詩詞音律，定要灰溜溜地走了。」

茗煙道：「小女子這裡好打發，就怕這幾人發狠，堵在『樂陶居』門前不走，恆公可就出不去了。」

恆熙道：「正好，只是不知茗煙可願我為你付這纏頭之資啊？」

茗煙掩口笑道：「恆公休要取笑茗煙了，你是知我的。」

恆熙失望地嘆了口氣。

樓外，馮國一跳八丈高，「什麼，作詩，有沒有搞錯？大人，這銀子可算是扔到水裡去了！」

知客在一邊抿嘴而笑，一副早知如此的表情。

李情微微一愣，看著對面仰著下巴一臉不屑的小丫環，心裡冷笑道：「倒真是見人下藥了。」

「取紙筆來。」李清道。

「大人！」馮國的眼睛瞪圓了，幾個親兵的眼睛也瞪圓了，知客的嘴巴變成O形，對面的小丫頭青兒一愣之後，倒是快手快腳地取來紙筆，笑道：「這位軍爺，您可別寫首打油詩出來哦！」

李清沒理她，轉頭對馮國道：「磨墨！」然後提起筆來，仰頭沉思片刻，筆走龍蛇，頃刻間，便在紙上寫下了一首詞。

「不是愛風塵，似被前緣誤，花開花落自有時，總賴東君主。去也終須去，住也如何住？若得山花插滿頭，莫問奴歸處。」

詩，李清自然是作不出的，但要抄襲一首倒也簡單，關鍵是李清的一手字寫得極好，標準的顏體，蒼勁有力，厚重雄渾，大氣脫俗，與當世流行的那種秀麗的筆法迥異，倒也頗符合他的軍人身分。

看著自己的墨蹟，李清滿意地笑了笑，將筆扔到一邊，將紙張遞給青兒，道：「煩請小娘子將此送給茗煙姑娘，看看姑娘滿意否？」

青兒雖說是個丫環，但長期在茗煙的薰陶之下，眼界自然不差，縱然品不出這詩的好壞，但單看一手字，沒有長年的苦功自是寫不出來的。

本以為可以輕易打發這幾個大兵，沒想到是這個結果，她神情古怪地看了眼李清，木然地接過紙，身子發僵地轉過身，一步一步向裡走去，渾沒有先前的輕快。

馮國不敢置信地道：「大人，你讀過書？會寫字還能寫詩？」這些年，大楚的武人雖然地位提高了不少，能認字，讀兵書的的將軍可能不少，但要是說會作詩，只怕還真沒有。

李清好氣又好笑：「廢話連篇。」

馮國眼裡滿是星星，幾個親兵也是一臉的崇拜，在大楚，識字而且有文化的人是十分受人尊敬的。

屋內，茗煙正自調弄著箏弦，恆熙品著美酒，兩人有一搭沒一搭地說著閒話，看到青兒神色古怪地進來，茗煙道：「那幾位軍爺走了沒？」

青兒搖搖頭，將手裡的紙張遞了過去：「小姐，那將軍真的做出了詩來呢！」

「哦？」茗煙美麗的眸子一下子睜大了，一邊的恆熙也坐直了身子，「真做出來了？不會是遠看像條狗，近看也似狗般的打油詩吧？」

茗煙噗哧一笑，一邊接過紙張，一邊笑道：「恆爺太也刻薄，一位軍爺，能識字已是很難得了。呀！」突地驚異地輕嘆一聲。

「怎麼了，莫非那丘八當真寫了一首狗屁不通的打油詩？」恆熙理所當然地道。

茗煙神色訝然，搖頭道：「非也，恆公，這軍爺可當真與眾不同，這一筆字大異常人，卻讓人覺得樸拙雄渾，大氣磅礴，真是自成一家啊！」

恆熙大為奇怪，他自是知道茗煙雖然淪落風塵，但才學過人，眼界極高，極少輕易讚人的，看到對方的眼神，訝道：「莫不成這丘八當真是個有才學的？既是有才，怎地又去當兵了？」

此時的茗煙已聽不進恆熙的話了，眼睛如癡了一般，直盯著李清寫的那首〈卜算子〉，不是愛風塵，似被前緣誤……，一字一頓地在心中默念著，腦子如電閃雷鳴，一幕幕地閃過自己二十年的辛酸人生，霎時間，深藏在心中的傷心便被這首詞勾了出來，一時悲情中來，泫然欲泣，珠淚盈眶，心中百感交集。

若得山花插滿頭，莫問奴歸處，自己真的還會有這一天麼？

「小姐，你怎麼了？」看到茗煙的異樣，青兒大為驚慌，一迭聲地問道。

一邊的恆熙卻以為那校尉是不是寫了一首不堪的詩詞來侮辱茗煙，以致茗煙失去常態，當下怒道：「好個無禮的丘八，待我去教訓他。」推案而起，便待出門。

茗煙一驚，從幻思中醒了過來，趕忙勸阻道：「恆公且慢，不是這位校尉無禮，實是這首詞寫得極好，寫盡了我的人生，讓茗煙有些傷感而已。恆公，實在對不起，本來想為恆公擋駕，如今卻是不得不見了。」

恆熙甚為驚異，當下道：「無妨，我對這軍漢也真有些期待了，我還沒有聽說能憑一首詞便讓姑娘動容的人，正好一見。」

茗煙微微一笑，「如此便怠慢恆公了。」轉對青兒道：「去請這位校尉大人上來。」

李清踏上小樓二層雅間的時候，裡面傳來叮叮咚咚的箏音，清麗的嗓音宛轉唱著的，正是他剛剛寫就的卜算子，腳步不由一頓。

聽那意境，倒真是唱出了這首詞內含的滿腹心酸無奈，心裡暗道：那茗煙如此才高，卻流落風塵，看來也是個傷心人啊。

走進雅間，曲子剛好落下最後一個音符，茗煙婀婀婷婷地站起，欠身福了福，「茗煙多謝將軍賜詞。」

李清拱手道：「姑娘謬讚，在下官居鷹揚校尉，不敢當將軍一稱。」轉身對恆熙深深一揖：「見過恆公！」

恆熙哼了聲，他知這個校尉的目標就是自己，幾次到恆府求見無果，便來當惡客了，料想不到他居然還能吟詩作詞，本想噁心他幾句，但看在茗煙的面子上，不好惡語相向，免得茗煙輕看自己。

見恆熙神色不善，因早在意料之中，李清倒也不以為忤，拜道：「幾次求見恆公不得，想不到今日在此偶遇，倒真是巧了。」

恆熙哼道：「真是巧了，巧得不得了。你叫李清吧，膽子不小啊，你知不知道，我一紙書信就能讓你重新去當個大頭兵？」

李清道：「恆公的話，在下自然是信的，不過恆公豈是如此之人。」

恆熙怒道：「我為何不能是如此之人?!」

李清哈哈一笑，道：「恆公醫術蓋世，且為人清逸高遠，淡泊名利，若非知道恆公為人，在下是萬萬不敢三番兩次來叨擾的。」

他不著痕跡地捧了對方一下。

所謂千穿萬穿，馬屁不穿，恆熙臉色稍霽，卻仍是餘怒不消，「你可知我的病人都是些什麼人？尋常達官貴人都不是那麼能輕易請到我，你居然要我去給那些大頭兵治傷，哼，你當我是江湖術士麼？」

李清正色道：「醫者皆有悲天憫人之心，當行救死扶傷之事，這些人雖然身分低微，但都是為國為民，在戰場上受的傷，恆公身為醫者，而且是大楚杏林之首，焉能見死不救，讓這些士兵流血又流淚麼？」

恆熙大怒，「你說我沒有悲天憫人之心，了無醫德麼？可恨你們這些當兵的，在戰場上不肯戮力殺敵，被蠻族打得丟盔棄甲，狼狽逃竄，將無數百姓丟給無惡不作的蠻兵，我不唾你一臉已是你的運氣了，居然還敢如此辱我？」

茗煙見恆熙發怒，在一旁勸道：「恆公息怒，李校尉心懸手下兵士，言語失當，當非本意。」

李清感激地看了眼茗煙，拱手道：「恆公息怒，我並不是說恆公沒有醫德，但恆公將戰敗之責怪罪在這些士兵身上卻有失公允，這些傷兵都是在與蠻族作戰時受的傷，要是他們不夠英勇，早就聞風而逃，又何曾會受傷?!」

恆熙冷冷回道：「你是說此戰大敗是你們蕭帥的問題？或是那些將軍們的責任了？」

李清閉口不答，這個坑太大，他可沒蠢得跳下去，要是他順口接上一句，等明天這話傳到那些將軍耳中，自己這個鷹揚校尉立時便做到了頭。

看著得意洋洋的恆熙，他不由怒目而視，恨恨地道：「草甸大敗，非戰之罪也！」

兩人都圓睜雙目，瞪視對方，竟是毫不相讓，這讓一邊的茗煙有些急了，心道：這李清也真是不會說話，明明有求於人，還這般針鋒相對，難道就不會說幾句軟話麼？這種剛硬的性格，可不是什麼好事。

「兩位這般劍拔弩張，讓茗煙房裡充滿了兵戈之氣，不如讓我為二人彈奏一曲『八面埋伏』如何？」茗煙打趣地道。

茗煙不愧是在風月場上打滾的人物，三言兩語便讓兩人彷彿忘了剛才的劍拔弩張，緊張的氣氛立時得到緩解。

讓恆熙驚奇的是，眼前這個軍曹談起話來甚是儒雅，顯然受過正規教育，甚至說起風月話題也頭頭是道，與他印象中的軍人完全不同，恆熙差點以為這小子是一名世家子弟了。

但隨即他便拋開了這個念頭，這年頭哪個世家子弟會從軍？即便從軍，也是職位甚高而且清閒的職位；說白了，就是一些沒有危險卻能撈到軍功的職位，這些位子大都是給那些世家子弟鍍金所設的。

如果他是一名世家子弟，又豈會從一名雲麾校尉做起?!要知道，這雲麾校尉是最底層的軍官，打起仗來是衝在最前面的，死亡率最高的便是這些雲麾校尉。

酒過三巡，李清看氣氛差不多了，便重新提起話頭：「恆公知我今日來意，還請恆公憐憫這些士兵，隨我去營中走上一遭。」

事已至此，恆熙倒是有些佩服眼前這個小校尉了，自己可是能通天的人物，這個小校尉居然敢一而再，再而三地強邀自己，足見有幾份膽色。

一旁的茗煙因為得了一首好詞，更重要的是這首詞對自己的際遇，可謂描寫得入木三分，心下不免生起知己之感，以前也不是沒有才高八斗的才子為自己作詞作賦，但都是貪念自己美色，個個都想做入幕之賓，只有李清感念自己身世，悲嘆自己處境，便也開口幫腔：

「恆公醫德，世人感念，定會幫李校尉解難。」

恆熙哈哈一笑，「茗煙姑娘既然開口，看來我這一趟不走不行了。」

李清不由大喜，長身而起，深深一揖到地，「常勝營三百餘傷兵皆感恆公大德。」轉身對茗煙道：「多謝姑娘相助。」

恆熙瞇著眼道：「空口白牙謝麼？既要謝，可得真心誠意，這樣吧，你既然能吟詩作詞，不妨再為茗煙姑娘吟上一首，以作謝資如何？」

李清不由大感為難，先前為了要入這門，被迫抄上一首，這些事可一不可再，要是名聲一旦傳出去可不是好玩的，看著一臉促俠的恆熙，再看看滿眼期盼的茗煙，忽地覺得恆熙分外可惡，讓他有一種想將恆熙鬍子揪下來的衝動。

「既如此，在下就獻醜了。」沉吟半晌，只好開口道：「**鶯飛燕舞三月春，二八佳人色傾城。莫教先境幸得見，神仙莫不下凡塵。**」

恆熙鼓起掌來，大讚：「好詩，比先前的好多了，這才符合茗煙姑娘的姿容，先前那首太過於淒涼了。」

茗煙玉面含春，笑道：「多謝校尉，校尉謬讚了。」

恆熙笑道：「好，衝著這首詩，我便隨你去一趟也不冤了。李校尉，你當真是與眾不同，我且問你，如果我今日不從你，你卻待如何？」

李清微微一笑：「月黑風高夜，正是劫人擄掠天啊！」

恆熙臉色變幻數道，忽地大笑道：「有趣，有趣。既如此，我還是老實地隨你去吧。茗煙姑娘，今日這惡客攪局，改日再來聽箏啦。」

茗煙福了福，「求之不得，李校尉得閒時請來常坐。」

李清聽了連連擺手，「姑娘這裡太貴，進門便要十兩銀子，我付不起。」

茗煙含羞道：「校尉以後來，不要分文，只求校尉常來便好。」

恆熙一聽不幹了，抗議道：「茗煙姑娘，這不公平，我每次來可是分文不少啊。」

李清一笑，拖著恆熙便向外走去，任由恆熙大叫大嚷。

看著二人離去的背影，茗煙的眼神忽地朦朧起來。

「若得山花插滿頭，若得山花插滿頭，唉！」一聲長嘆中，小樓的門緊緊地關了起來。

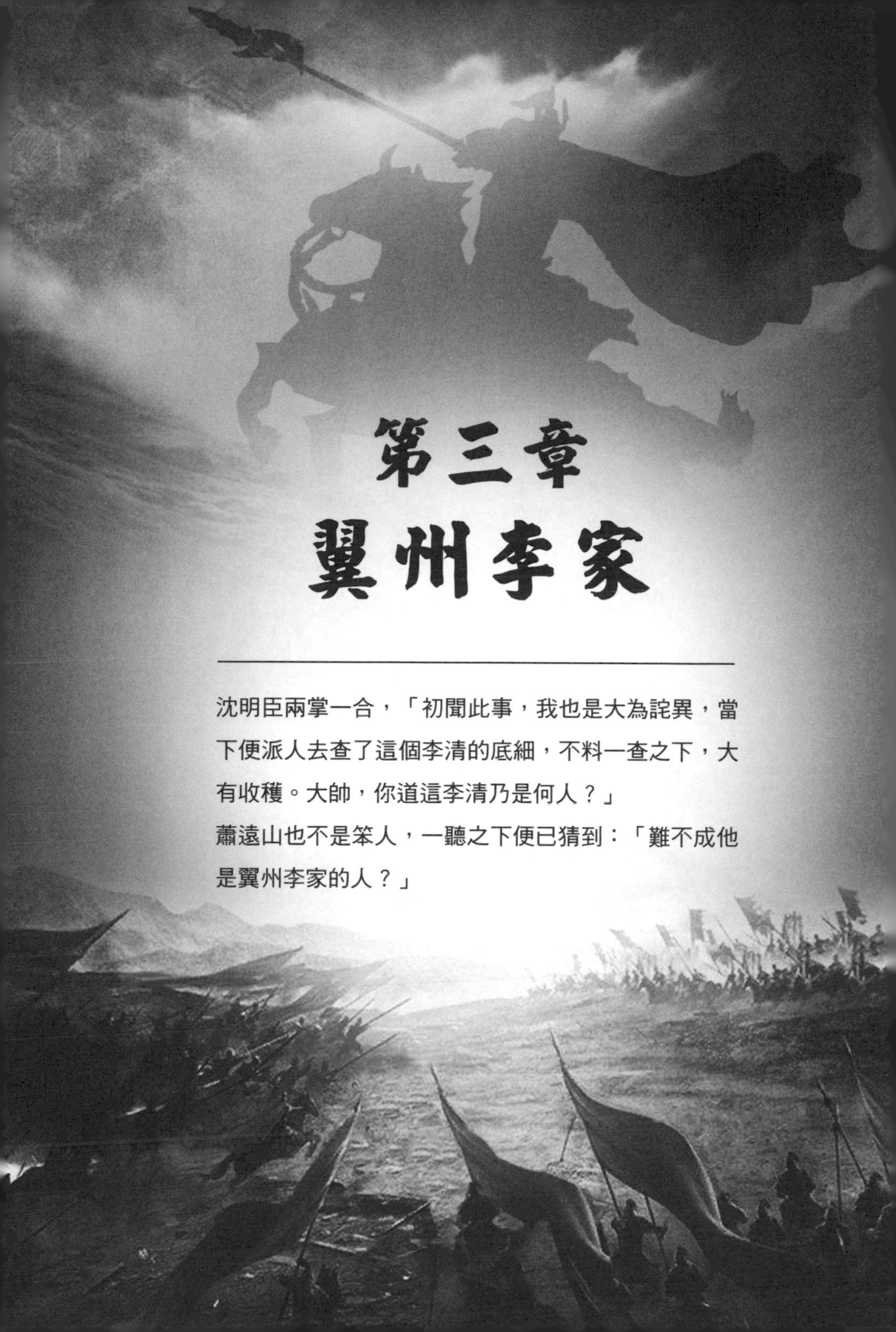

第三章
翼州李家

沈明臣兩掌一合，「初聞此事，我也是大為詫異，當下便派人去查了這個李清的底細，不料一查之下，大有收穫。大帥，你道這李清乃是何人？」

蕭遠山也不是笨人，一聽之下便已猜到：「難不成他是翼州李家的人？」

出得「樂陶居」大門，恆熙對李清道：「我回去略作準備便來，你們安營在城隍廟旁吧？」

李清狐疑地道：「恆公，士兵們皆是朝不保夕了，還是請恆公隨我直接去營裡吧！」

看到李清不信任的眼神，恆熙怒道：「怎麼，你是怕老夫反悔麼？真是豈有此理！老夫一言九鼎，說出去的話豈有收回的道理？」

李清此時哪肯放他回去，萬一他反悔了，哭都沒處哭去，立時陪笑道：「恆公說哪裡話？我豈會不放心，只是士兵們真是等不及了。」

見李清死活不放人的意思，恆熙嘆道：「好小子，說給你聽吧，你營中大都是外傷吧，三百來人，我便是不眠不休也看不過來，我這是要回去召集徒子徒孫們一起去啊。罷了，罷了，既然你不放心，便讓人持我的信物去恆府召人吧。」

他伸手從腰間拉下一面玉佩丟給李清。

李清大喜，遞給馮國道：「快去！」

恆熙隨著李清把臂而行，行不多時，看到黑暗中一個接一個躍出來的士兵，不由道：「你真準備劫我去治傷麼？」

看到那些打扮齊全的士兵，恆熙方知先前李清不是在說玩笑話。

「得罪恆公了，我這不是迫不得已麼。」李清小心地陪笑道。

恆熙無奈地搖搖頭，這軍漢膽子也太大了，要是他真劫了自己，在定州，那可是會掀起一場大地震。

定州軍府。

蕭遠山拿起剛剛擬好的奏摺，遞給主簿沈明臣。

離草甸大敗不過旬日，蕭遠山彷彿已老了十幾歲，往日烏黑的髮絲間已夾雜著絲絲白髮，臉色浮腫，一副操勞過度的樣子。

「明臣，你替我看看，這封摺子還有什麼紕漏麼？」

蕭遠山家世淵源，是世家子弟中難得的文武雙全的人物，在大楚將軍中，像他這樣的人物算得是少見了，一筆字也是金戈鐵馬，充滿殺伐之氣，個個力透紙背。

沈明臣一目十行地看完了奏摺，將摺子輕輕地放在案牘上，卻不答蕭遠山的話，輕笑道：「大帥，可知今日定州城裡發生了一件奇事？」

蕭遠山搖搖頭，這幾日他忙於處理軍務，整合城防力量，收攏殘軍，哪有什麼心思去聽那些奇聞逸事。

「大帥剛剛提拔的那個李清，做了一件讓人看來很是不可思議的事啊！」沈明臣笑道。

「李清？」

蕭遠山微微一愣，對於這個將常勝營軍旗帶回來的小校尉，他仍有一絲印象，「就是任命他為鷹揚校尉、常勝營左翼翼長的那個李清麼？」

「不錯，就是他。大帥讓他重組常勝營左翼，可是呂將軍卻只給了他三百傷兵，加上他自己收攏的數十名殘兵，如今駐紮在城隍廟左近。」沈明臣抓起茶杯，饒有興致地看著蕭遠山。

「呂大兵居然如此小氣？」蕭遠山不由地道。

呂大兵也是剛剛提拔起來的選鋒營主將，但他的哥哥呂大臨卻是定州軍中協主官，副將銜，雖然有些不滿呂大兵的作為，可蕭遠山卻也無可奈何，不能把他怎麼樣，呂副將的面子不能不賣。

「看來這呂大兵心胸不甚寬廣，難成大將之才，不及其兄甚遠。」蕭遠山搖搖頭，「李清做了什麼事？」

沈明臣笑道：「他請了恆公去他營中為傷兵診治。」

「什麼？」蕭遠山大吃一驚，「恆公？明臣，你沒有搞錯？」

「哪裡會弄錯，昨天晚上恆府上下動員了數十名弟子，浩浩蕩蕩地進了李清的營盤，聲勢如此之大，現在定州城裡哪個不知？」沈明臣道。

「這倒奇了，這恆公一向連我的面子也不賣，怎麼會給一個小小的校尉請動了？」蕭遠山不明所以。

「大帥定然想不到這李清是從哪裡將恆公請動的吧？」沈明臣盯著蕭遠山，笑問道。

「明臣，你賣什麼關子？如果他真請動恆公，自然是在恆府啊。」

「非也，非也！」沈明臣放下手中的茶杯，「是從『樂陶居』的茗煙姑娘那裡，李清一首詞讓茗煙姑娘當場落淚，有了茗煙姑娘從中說項，這才讓恆公點頭答應的！」

「李清還會作詞？」蕭遠山這一次是真的有些被震撼到了。

在大楚，如果要從書生中找一個會騎馬射箭，略通武功的人，大概千百人中還能拉出幾個，但要從武人中找一個不但識字，而且能吟詩作詞的傢伙，恐怕一萬個人裡也找不出一個！

即便是他蕭遠山，世家子弟出身，當年也是文才不顯，屢受輕視，一怒之下才憤而從軍，雖然在軍中搏得了偌大的名聲，有「儒將」之稱，但要讓他作詞吟詩，而且要讓以才具著稱的紅妓茗煙落淚，是萬萬辦不到的。

沈明臣從袖筒裡摸出一張紙片，「這是從『樂陶居』流出來的李清的詞，下官抄錄了一份，大帥請過目。」

輕誦了兩遍，蕭遠山不由讚道：「好詞，可謂是道盡了那些歌妓的心酸事，想不到李清一赳赳武夫，居然能寫出如此好詞。咦，不對啊，明臣，今日我找你來是有要事相商，與我說這些做什麼？」

蕭遠山忽地省悟過來，沈明臣是自己手下第一謀士，定然不會無的放矢。

「大帥睿智！」沈明臣笑道：「大帥的這場劫難如何度過，下官已有計較，其中便與這李清有關。」

「一個小小校尉，能對我有什麼幫助？」蕭遠山不解地道。

「大帥以為一個普通的校尉軍漢能有如此才情？」沈明臣反問。

蕭遠山若有所悟，「你是說這李清背後……？」

「不錯！」沈明臣兩掌一合，「初聞此事，我也是大為詫異，當下便派人去查了這個李清的底細，不料一查之下，大有收穫。大帥，你道這李清乃是何人？」

蕭遠山也不是笨人，一聽之下便已猜到：「難不成他是翼州李家的人？」

沈明臣點點頭：「不錯，**這李清便是翼州李家之人**。」

蕭遠山卻是大惑不解，「翼州李家，勢傾朝野，一門之中，一公三侯，無不身居高位，緣何這李清竟會側身我定州軍，屈居區區的雲麾校尉一職？」

沈明臣搖頭，「這個下官也不知，下官調閱了軍中雲麾校尉一職的檔案，只知道**李清係出自翼州李家三房威遠侯李牧之家中**，家中只有一母在堂，其餘便一無所知了。」

蕭遠山沉默片刻，道：「明臣有何計較？」

沈明臣思索道：「大帥，這次草甸之戰，無論如何都是一場敗仗，以大帥之見，在朝中會有些什麼人要為難大帥，什麼人要保大帥呢？」

蕭遠山笑道：「這有何難猜，蕭家定然要全力保我，因為我是蕭家唯一有軍權的人；另外，方家雖然與我蕭家時有磨擦，但畢竟有姻親關係，也不會為難我，想要拿掉我的，無非便是襄州馬家、衛州曹氏、肅州郭氏和翼州李氏……對了，如果翼州李氏不但不為難於我，反而有所助力的話，此次我就無恙了。」

一想通此節，蕭遠山頓時興奮起來。

沈明臣笑著從袖筒中抽出一份東西，「我替大帥擬好了一份奏摺，大帥看看如何？」

蕭遠山一目十行地掃完，長吁一口氣：「明臣，你不愧是我的股肱啊，這一下我便無憂了，只是便宜李清這小子了！」

沈明臣呵呵一笑：「**投之以桃，報之以李**，大帥，想讓李家動心，不得不下重注啊！」

蕭遠山苦笑一聲：「但是如此一來，便讓李家在定州打下了一顆釘子。這定州本是我蕭家與方家共同經營之地，若是讓李家摻合進來，只怕方家不悅。」

沈明臣搖頭道：「李清始終在大帥麾下，還怕他翻起什麼浪花來?!等大帥度過此劫，有的是辦法來修理壓制他。」

「也只能如此了！」蕭遠山道。

定州帥府的密議，李清自然絲毫不知，此時他正興奮地陪著恆熙診治營中的幾百傷兵。

俗話說得好，人的名，樹的影，恆熙盛名之下倒是真非虛士，便是他家的一眾弟子僕從，也比那些江湖遊醫強了許多，只三兩日功夫，便將營中一眾傷兵處理得妥妥貼貼。

而恆熙也不是沒有收穫，營中的某些做法，先是讓他大惑不解，繼而若有所悟，比如軍中的衛生，他本以為傷兵營這種地方，必然是污水橫流，臭不可聞，但李清營中卻是清爽至極，雖剛剛立營，但溝渠、茅廁一應俱全，傷兵的包紮布條都用開水煮過，特別是用新鮮的肉類貼在傷口上，居然令絕大部分傷兵的傷口不再發炎化膿，讓恆熙大惑不解。

問李清，李清自然不會告訴他，這是因為新鮮肉類含有抗生素，可有效抑止發炎，只語焉不詳的說這是一個遊方郎中的偏方。恆熙也不以為意，草莽中本多豪傑，有些有真本事的隱居民間也不是什麼稀奇事，讚嘆一番便罷。

是日，李清在營中擺了幾桌酒，宴請恆熙及其弟子。

營中自沒有什麼好東西，只是將大魚大肉煮熟之後，用一個個的大盆端了上來，堆在案上。酒也是在定州的酒肆中撿那便宜的買上幾桶回來，這讓素重養生之道的恆熙大皺眉頭，懶得提箸。

反觀李清，與王啟年、姜奎、馮國等人大碗喝酒，大口吃肉，酣暢淋漓之極。

恆熙見李清如此，不由暗自稱奇，前日在「樂陶居」見識了李清的文采書法，以為李清是個飽讀詩書之人，但今日觀之，卻無異於市井匹夫，這一前一後，竟然判若兩人。

吃驚之下，讓他不得不思索起來，如此之人，絕非池中之物，倒是值得結納一番，也許今日種下善緣，他日必有所回報。

見李清已有三分酒意，恆熙道：「李校尉，如今你營中傷兵都已治療過了，以後只需按日換藥，不過旬日，就又生龍活虎一般了。」

李清向恆熙舉起酒碗，「多謝恆公，李清敬恆公一碗。來，都端起碗來！我們一齊謝過恆公。」

王啟年、姜奎、馮國三個新晉的雲麾校尉立時站了起來，一齊向恆熙敬酒。

恆熙卻不端碗，道：「既然如此，咱們是不是該算一算帳了？」

「算帳？」李清大惑不解。

「不錯，算帳。」恆熙笑道。那笑容活似老虎看見了一隻小白兔，正要大快朵頤一番的模樣。

「我恆某人出診，一向是百兩銀子一人，你營中三百餘人，好吧，我給你省去零頭，只算三百人，合計共是三萬兩銀子，此間既已事了，便請李校尉結帳吧。」

「三萬兩？」呃！李清一個酒呃上來，險些將吃下肚去的東西都吐了出來，與王啟年三人對看一眼，個個臉上冒出冷汗。

三萬兩？雖然眼下已是入秋季節，天氣涼爽得很，但李清幾人身上的冷汗仍是一層層冒出來，這才想起這個大夫可不是旁人，要是一般的郎中，便是一頓棍棒打出去，也不會有人來喊冤，但眼前這人，卻是碰不得，說不得。

恆熙得意地看著李清僵在那裡，想起先前這小子居然還準備擄了自己來，不由感到一陣陣的快意。

「恆秋啊，我算錯了麼，怎麼李校尉好像不大願意啊？」

恆秋是恆熙的一個遠方侄子，雖不知家主是什麼意思，仍是恭敬地站了起來，道：「大伯沒有算錯，一般來說，大伯出診一次是百兩銀子，不算藥費，像這樣的大規模診治，還得另外加錢，三萬兩已經是很優惠了。」

「嗯！」恆熙滿意地點點頭，「李校尉，請付帳吧！這次既然是替軍中兒郎們診治，藥錢就算了。」

李清汗出如漿，端著酒碗如同一尊泥菩薩般。

「怎麼，李校尉不打算付帳麼？」恆熙看著李清，笑意晏晏。

李清看著恆熙的模樣，總算清醒過來，不由心裡一陣發狠，去你娘，反正老子要錢沒有，要命有幾百條，便道：「恆公的帳，下官怎敢賴帳，只是，如今手頭實在不便；要不，恆公看我營中有什麼入眼的，儘管拿去便是。」

恆熙一聲冷笑，「你這營中有什麼值錢的能讓我看得入眼？」

李清道：「那，不知恆公許不許我等欠帳？等我有了錢，一定還給恆公。」心想：恆熙若是仍不答應，得再想個什麼法子搪塞才好。

「也罷！」

恆熙的回答大出李清意料之外，不由大喜過望。

卻聽恆熙接著道：「這樣大一筆款子，我不放個人在你營中收帳可是不大放心，這樣吧，恆秋，從今日起，你便待在李校尉這裡，什麼時候李校尉還了銀子，你便什麼時候回去！」

「啊！」李清不由有些發昏，這是什麼意思？

恆熙說完，袍袖一拂道：「事情已了，你這裡的東西我吃不下，還是去『樂陶居』吃酒來得好，我走啦。」

恆府一眾人等，除了恆秋，便都隨著恆熙而去。

只留下呆若木雞的李清苦苦思索恆熙這是啥意思啊，三萬兩就這樣算了，還派了個免費的醫生在營裡？

想到自己能還上這三萬兩不知是猴年馬月的事呢，這樣說來，恆秋可就要一直跟著自己了。哈，這個恆秋既然是恆熙的本家子弟，本事自然不小，只是**這樁看起來大賺的生意，怎麼有些怪怪的呢？**李清百思不得其解。

讓李清更想不到的是，**他的命運在他不知情的情況下，已是發生了重大改變，而這一切的源頭，自然是定州軍大帥蕭遠山的一封奏摺。**

洛陽李府。

李氏一族當代族長「安國公」李懷遠手裡拿著一張邸報，正呵呵大笑，「好個蕭遠山，明明是一場大敗仗，卻讓他寫成了突遇強敵，力戰不退，諸軍奮勇殺敵，終保定州不失的捷報，哈哈哈！」

在安國公李懷遠的下首，坐著的是李氏一族在京城的二位侯爺：威遠侯李牧之，任職工部侍郎；壽寧侯李退之，任職都察院副都御使；加上坐鎮翼州的翼寧侯李思之，便是李氏一門的核心了。

看到家主樂不可支，壽寧侯李退之道：「不錯，這是一場大敗仗，無論他奏章寫得如何天花亂墜，都不能掩蓋，這一次蕭家可要有難了，只是不知家主作何想，要不要乘此機會，再給蕭家重重一擊？」

李懷遠好不容易止住笑聲，「本想給他重重一擊，但看了這奏章以後，卻是改了主意了。」

李退之瞄了眼三弟李牧之，道：「可是因為李清？」

李牧之神色尷尬至極，掩飾地咳嗽幾聲，端起茶杯，遮住自己的臉。

李懷遠瞪了眼李牧之，斥道：「牧之，家宅不寧，何以成大事？你連區區家宅之事都處理不好，如何能助我完成李家中興大業？說到底李清是你的兒子，就算是意外所生，那也是李氏血脈，你居然任由他去定州，還是個小小的雲麾校尉，要是戰死，那便是我李氏一族的笑話，會被其他家族笑死的。」

李牧之恭敬地道：「父親大人教訓得是。」

李懷遠無奈道：「嗯，你好自為之吧，這一次蕭遠山為了脫罪，給了李清偌大一個功勞，但要這功勞落到實處，卻是便宜蕭遠山了，所謂投桃，這回我們便幫他一次。」

李牧之點點頭：「父親大人說得是，這一次只要蕭遠山無罪，那李清便至少要得一個振武校尉才能補償我們。」

李懷遠冷笑道：「牧之啊，你小瞧了蕭家，這次蕭家為了拉攏我們，可是下了血本，我聽說蕭浩然保舉李清為重組的常勝營主將，參將銜。」

「啊！」李牧之不由一呆，「參將？可清兒才剛滿二十啊，哪有如此年輕的參將？」

李懷遠哼道：「難為你還記得他剛滿二十，我剛剛才知道這孩子離家已有五年，哼，十五歲就去從軍，從一個大頭兵升到雲麾校尉，你可曾有過絲毫關注？這一次要不是蕭遠山的奏章，我還蒙在鼓裡！我李家子孫，就算只有

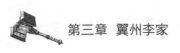

二十，又如何做不得參將？三萬大軍潰滅，只有這孩子奪得營旗而回，這番功勞可是大得很。」

李牧之無端又招來父親一頓臭罵，臉都黑了，低頭道：「是。」

李懷遠滿意地道：「如果這孩子有能力，便能在定州為我李家打開一番局面；即便這孩子不行，只要在定州打進一顆釘子去，便足以補償這一次不能打擊蕭家的損失。牧之，回頭你還要去幫幫清兒。這事過後，只怕蕭遠山便會明裡暗裡為難他，讓他無法在定州立足，如何在定州紮下根來，此為重中之重。」

「父親大人放心。」李牧之低眉順眼地道。

「好了，計較已定，退之，你便去告訴蕭浩然這老傢伙，就說我會同他一起上章保蕭遠山，再加上方家，蕭遠山這定州軍主帥一職跑不了了。」

洛陽。皇宮天乾殿。

年輕的大楚天啟皇帝正大發雷霆，將手裡的奏摺憤憤地扔在地上，拍著桌子大罵道：「這便是我大楚的股肱之臣麼，這便是我大楚的忠貞之臣麼？當朕是癡兒還是傻子！明明這場仗敗得一塌糊塗，喪師辱國，居然讓他們寫成了勝仗，有這樣的勝仗麼！」

奏摺摔在跪在他面前的一白髮老臣的臉上，白髮老臣臉上神情不動，將奏摺撿了起來，膝行幾步，放在桌上，而後又垂下白髮蒼蒼的腦袋，任由天啟皇帝發洩著怒火。

怒罵一陣的天啟將胸中的悶氣發洩了不少，一屁股坐下來，看著跪在御前的白髮老臣，不由心生歉意，「首輔，我心裡不快，委屈你了，來人，賜坐！」

一邊膽戰心驚的內侍飛快地搬上錦凳，擱在白髮老臣的面前。

這白髮老臣便是大楚當朝的首揆，陳西言。他也是當今天啟皇帝還是太子時的老師，官拜太子太保，位列首輔，是當今天子的心腹之臣。

「謝陛下！」

陳西言吃力地從地上爬了起來，整整衣袍，側身在錦凳上坐了下來。

天啟當朝十載，他也當了六年的首輔，這六年來，可謂是步步艱辛，大楚朝廷早已不復當年威勢，外有蠻夷各族年年滋擾，內有各大世家把持朝政，皇帝手中的權力被限制得極多，很多政令一出洛陽便煙消雲散，根本得不到貫徹。

陳西言戰戰兢兢，勉強憑著自己在天下讀書人中的威望支撐朝政，維持皇室威嚴，但想要限制世家橫行，卻是力有不逮。眼見大楚是一年不如一年，心中憂心如焚，卻又莫可奈何，殫精竭慮之下，身子骨是一天不如一天了。

「陛下息怒，這摺子是齊國公蕭浩然、安國公李懷遠、次相方忠聯名上奏，陛下留中不發是不成的。」陳西言無可奈何地道。

這三人所代表的勢力明明白白地擺在那裡，陛下不是不明白，只是氣極而已。如果留中不發，明日只怕摺子便要雪片般地飛了上來。

「難不成朕便當個傀儡皇帝，任由他們擺佈嗎？這樣的大敗居然還敢邀功請賞，他們就不怕清流民意？」天啟皇帝從牙縫中一字一頓地道。

陳西言嘆了口氣，「陛下慎言，如今形勢，三大家族抱成了團，便是朝議也不能更改，陛下如不同意，怕會生出別的事端，只有先隨了他們的意，日後再伺機而作。」

天啟皇帝冷笑道：「伺機而作？就怕他們嘗到了甜頭，一發而不可收拾。」

陳西言搖搖頭：「陛下，三大家族今天雖然抱成了團，但他們之間也是矛盾重重，現在看來，蕭方兩家是當事人，自是要力保他們在定州的勢力，而李家摻合進來，卻是因為他們有一個子弟在這場戰事中立了功，如此一來，李家便可在定州埋進一個釘子。我料想此事一過，方蕭兩家與李家必會生出內訌，那時便有機可乘了。」

天啟皇帝默然拿起奏摺，看了半晌道：「李清？李家什麼時候有了這個人，先前怎麼沒有聽說？」

陳西言微微一笑，「臣看了奏摺之後，便命職方司查了這個人，說起來，這還是李氏的一件醜聞，這李清是威遠侯的一個庶出子，母親則是威遠侯書房中的一個丫環。」

天啟皇帝一聽便明白了，「想必又是酒後亂性，見色起意了。」

陳西言道：「正是，當時威遠侯的元配裘氏尚未生有嫡子，只有一個女兒，裘氏妒心甚重，因而李清母子在威遠侯府過得苦不堪言，直到五年後，裘氏得子，便是威遠侯的嫡子李鋒，李清母子方才好過一點，但在家裡仍是如奴似僕。

「李清在十五歲那年憤而出走，遠赴定州從軍，積功升至雲麾校尉，此次保旗有功，又升為鷹揚校尉。偏生這威遠侯是個懼內的，以致李清至今尚未入祖譜，也是因為這次的事，安國公方才知曉他還有這個孫子。」

天啟皇帝不禁失笑，「想不到連堂堂的安國公府也會出這種事。那裘氏是蘭亭侯的女兒吧，怎麼如此潑辣？」

陳西言呵呵一笑，「蘭亭侯沒有子息，只有這一個女兒，自然嬌慣了些，唉，家家有本難念的經啊！」

天啟皇帝心中憤慨李家也參與此次逼宮，聞聽安國公府中的醜聞，不由龍心大悅，「想必威遠侯這次被罵了個狗血淋頭，不過，這李清倒算是有身傲骨。」

「這一次李清可說是適逢其會，二十歲的參將，在我朝還沒有先例呢！」陳西言搖頭道。

天啟道：「只要他們三家能鬥起來，呵呵，別說是個參將，便是個副將，我又有何捨不得的。」

陳西言聞言道：「陛下是同意這份奏摺了？」

天啟嘆道：「不同意又能怎樣，首輔先前不是已經說了嘛。批吧批吧，他們要的都給他們。」一甩手，便向殿後走去。

看到天啟已顯得有些佝僂的背，陳西言不由心有戚戚。

不提京城洛陽勾心鬥角，一片雞飛狗跳，此時的定州終於恢復了平靜，蠻族洗劫定州各縣後，卻沒有強攻守備森嚴的定州城，數萬騎兵在定州城下耀武揚威一番之後，便揚長而去。

天啟十年十月五日，在定州軍的目送之下，縱火焚燒了定遠、威遠、鎮遠、撫遠四座堡塞，出關而去。

籠罩在定州頭上的戰事陰雲終於散去，數十萬計的難民也在州府的安排下陸續返鄉。老百姓們見可避戰事，無不笑顏逐開，空曠的街頭又熱鬧起來，各色店鋪開門營業，定州城逐漸恢復生氣。

但知州府和軍府卻越發地忙碌，先不說定州遭劫，無數難民需要安置，還要發放糧食越冬，否則餓死人或引起難民潮不是鬧著玩的。

而定州軍三去其二，重新整編也是當務之急，好在現在破門毀家的極多，無數的青壯為了有口飯吃，不得不報名從軍，因而兵員倒是不愁。但兵器、戰馬等卻是極難籌措，而這些人想要形成戰力，也不是一朝一夕之事，一想起這些煩心事，蕭遠山便將馬鳴鳳恨得牙癢癢的。

但現在定州還有更急迫的事，那便是朝廷的聖旨終於要下來了，結果不出沈明臣所料，但前來宣讀聖旨、督查定州軍事的人選卻大大出人意料之外，竟然是當朝壽寧侯，副都察御使李退之。

第一時間得到這個消息的蕭遠山有些發呆。

沈明臣思忖片刻，笑道：「大帥，看來此事的後遺症已來了，不但李氏要來定州插上一腳，連皇上也有些迫不及待了。讓壽寧侯來宣旨，擺明是給李氏撐腰，讓李氏可以明目張膽地在定州敲釘子啊。」

蕭遠山笑道：「這些你不是早已料到了麼？也沒什麼，李退之總是要走的，他總不成一直待在定州。」

沈明臣點頭道：「不錯，李清任常勝營主官已確定，接下來，我們要給他選個好地方了。」兩人相視一笑。

常勝營內。

兩百多名傷兵已都痊癒，出乎李清意料之外的是，原本兩個他以為必死無疑的重傷號，卻頑強地活了下來，一個是瞎了一隻眼，變成了獨眼龍的唐虎；另一個是肚子上挨了一刀，腸子都流了出來的楊一刀。

初聽到這名字的時候，李清禁不住笑噴了，楊一刀，果然便挨了一刀。後來才知這傢伙以前是個屠夫，未從軍前是個殺豬的，豬豬一刀斃命，所以人送外號「楊一刀」。

這兩個重傷號不但活了下來，而且一天比一天硬朗，似九命怪貓一般，令李清不得不嘆服人的生命力之頑強。

「俺這傷，在其他營早被補刀隊一刀了結了，是李校尉讓我重活了一回，從此俺這條命便賣給校尉了。」唐虎信誓旦旦的說。

「不錯，不錯！」楊一刀深有同感，「要不是李校尉請來了恆神醫，我這條命是說什麼也撿不回來了，以後誰要是對李校尉無禮，我就給他一刀。」

聽了這話，李清不由大笑，「好，等你們傷好了，就來給我當親兵吧！」這等重傷都能活過來，也算是牛人，既然是牛人，當然要放在自己身邊。兩個二世為人的傢伙大喜過望，雖然傷還沒有全好，仍自強行撐著，站在李清的背後，親兵便算是上任了。

現在常勝營整編基本結束，勉強三百來條漢子，王啟年的左哨獨佔了一半還多，把這個絡腮鬍子喜得抓耳撓腮。

然而，他歡喜了，自然便有人愁，姜奎只得了五十個人，馮國手下更是只有三十來號人。

「姜奎，你苦著張臉幹什麼？想要更多的人？你是騎兵，你瞧瞧，我們現在有戰馬麼？給你的這五十多人，都是會騎馬的，那些不會騎馬的，你要來做什麼？等以後我們有了戰馬，你還怕沒有人麼？」李清訓斥道。

「還有你，馮國，掛著張臉給誰看呢！別看你只有三十來號人，那可是我們常勝營左翼裡最精銳的傢伙，上馬是騎兵，下馬是戰士，營裡僅有的十匹戰馬也都給了你，沒看到我堂堂的鷹揚校尉現在出門還要向你討馬嗎？」

將二人訓示一頓，再描繪一番前景之後，李清便不再理會他們，將重心放在王啟年這邊。

王啟年只高興了不到一天便抓瞎了，因為李清所說的練兵之法，他一竅不通，以前當兵的時候，步兵便是要訓練士兵們的武藝，他的長官也是這麼訓練他的；現在李清卻先要訓練隊列，要求站整齊，曉得方向，然後便是左轉右轉，前轉後轉，轉得人七葷八素。

「校尉，當兵的練這個幹什麼，站得整齊又不能當飯吃，我們又不是皇家儀仗隊，我們要練功夫，功夫！」王啟年揮舞著雙臂，激動地衝李清大叫大嚷。

李清懶得跟他解釋，知道說也說不清，乾脆親自上陣。

冷兵器時代，**步兵最重要的便是紀律**，一聲令下，勇往直前。試想在戰場上，你武功通天又能怎樣，千百桿長槍戳來戳去，千百柄長刀此起彼伏，便是神仙下凡，也給你戳幾個透明窟窿，砍你個七零八落。

隊列，首先練的便是紀律，要讓士兵們形成下意識的反射動作，戰場上，長官只要一聲令下，便自然做出相應的動作。老子的步兵不要什麼功夫，有紀律便行了。

左哨的哨長，新任雲麾校尉王啟年一臉委屈地站在隊列的第一個，李清提著馬鞭走來走去，看到哪個站歪了，便是一鞭子；哪個站得鬆鬆垮垮，又是一鞭子，先前還不當一回事的大兵們看到連哨長王啟年也連挨兩鞭子之後，終於知道了厲害，個個站得筆直，目不斜視，倒是頗有點樣子了。

姜奎手下只有五十來人，勉強站成一個方陣。馮國就輕鬆多了，帶著他的三十來人在另一角裡練著拳腳，你來我往，不時向這邊投來同情的目光。

一連練了十數天的站隊，這支隊伍終於站得有模有樣了，李清便開始接下來的左右轉訓練，可憐這些大兵何曾聽過這些口令，轉得亂七八糟，不是你碰了我，便是我帶了你，還不時兩人來個面對面，於是鞭子又毫不留情地落在了他們身上。

這樣一天下來，比以前在軍中練功夫可累得太多，所有的大兵一下了訓練場，三兩下吃完飯，個個倒頭便睡，軍營中鼾聲此起彼伏，直如雷霆，這卜輪到李清受罪了，根本睡不著。

一個月後，李清滿意地對王啟年和姜奎道：「現在總算有點模樣了，你們從手下選出夥長，由夥長帶隊練習，你們監工。現在可以持械練習了。」

受了一個月苦的王啟年小心翼翼地問道：「大人，那我們練什麼？」心道這校尉肯定又要出什麼么蛾子，搞什麼新招了。

「我們營裡最多的武器是什麼？」李清問。

「最多的是長槍，長槍便宜嘛，再就是腰刀。」王啟年回道。

「嗯，那槍兵就練一招，刺！刀兵就練一招，劈！」李清想也不想，脫口便道。

「啊？」王啟年和姜奎面面相覷。

「對，**就是刺和劈！**」李清道：「不過在刺和劈的同時，隊列要整齊，不能亂！」

唉！王啟年和姜奎同時嘆了口氣，本以為脫離苦海了，沒想到還有更深的坑，空手要保持整齊都很難了，好不容易一個月才有點樣子，現在還要持械，難度增加的可不是一點。

「對了，你們三個識字麼？」李清忽地想起了什麼，問道。

三人頓時紅了臉。王啟年招供道：「大人，字認得我，我認不得他。」

姜奎道：「我只識得自己的名字。」

馮國期期艾艾地道：「大人，我以前當綁匪的時候綁過一個秀才，他教我認得數十個字。」

李清大搖其頭，這便是自己的手下？怎麼個個皆如白丁?!

「你們三個，白天練兵，晚上便滾到我這裡來，我教你們認字。」

「大人！」三人一齊叫了起來，「大人，我們當兵的要認字幹什麼？」

「三個白癡！」李清忍不住翻了個白眼，「以前你們是大頭兵，認不認字沒什麼關係，但現在你們是軍官了！跟著我，以後說不定還能做個將軍，要是不識字怎麼辦？老子給你們下命令難道還得用畫的嗎？」

王啟年呵呵一笑：「當將軍？沒想過！」

李清不客氣地敲著他的腦袋，「要有理想！」

姜奎若有所思，馮國則是一臉的嚮往地道：「將軍！我也能當？」

十月初八。

天剛放亮，常勝營裡便傳來哨音，士兵們飛快地從床上爬起來，一個個穿戴整齊，訓練有素地列成方陣，開始了一天的操練。

李清也不例外，一身短打裝扮，提了柄長刀，看著已經有模有樣的士兵，心裡不禁暗道：這才有點軍隊的樣子嘛！

當短促的哨音一連三響的時候，天色已經大亮，李清同所有人一樣，已是渾身大汗淋漓。

到了早飯時間，李清回到營帳，唐虎早已打好熱水，等著他洗漱了。楊一刀則是拿著碗盤，去伙房排隊拿早飯。

這是李清新訂的規矩，不論官職高低，都得排隊，不過他有親兵去排。而王啟年等人，從大頭兵躍升到軍官也不過是月餘的事，沒什麼官架子，同士兵們一齊排隊，絲毫不覺得跌份。

等楊一刀送來了飯，李清還沒吃上幾口，外面突然傳來喧嘩聲，不等李清搞明白什麼事，王啟年已是連滾帶爬地跑了進來：

「大人，外面，外面來了好多人，是選鋒營，選鋒營呂大兵參將！」

「啊！」李清也吃了一驚，「呂參將，他來我這裡幹什麼？」

一想起先前去選鋒營要兵，對方那鼻子不是鼻子，眼睛不是眼睛的模樣便來氣，自己低聲下氣不說，末了竟給自己三百個傷兵，真是讓人惱恨。

「不知道，呂參將帶了好幾百人來，莫不是要收拾我們？」王啟年面如土色。

李清喝道：「老子和他無冤無仇，無緣無故地他來找什麼麻煩？」

嘴裡說著，心裡也是七上八下，軍隊裡打架可沒什麼道理好說，「是不是你們手下的兔崽子出營去惹了什麼事，對方找上門來了？」

王啟年大聲喊冤道：「大人，我們整天被您操練得欲仙欲死，哪個有力氣出營去閒逛？有這閒功夫，我還寧願睡一覺呢！」

看看王啟年的熊貓眼，李清也覺得他說得不錯，這些日子，這幾個傢伙白天練兵，晚上被自己揪來認字，順便傳授些練兵知識，想來也沒有功夫出門惹事。

「走，看看去！」李清穿上衣服，他可不信對方會無事上門。

「哎呀，李清兄弟，一段時間沒見，精神多了！」一見李清，呂大兵滿臉春風地走上前來，很是熟絡地捶了捶李清的胸膛，像是多年的兄弟一般。

李清一下子沒有反應過來，被呂大臨這幾捶捶得險些一口氣悶在胸裡，猛咳嗽了幾聲，心下實是不明白，這呂大兵為何一下子對自己這般親熱起來，自己還升格成了他的兄弟?!

「呂參將，下官有禮了！」李清規矩地行了個軍禮，他可不想被對方抓著什麼把柄。

「哎呀，李兄弟，這麼見外！」呂大兵攀著李清的胳膊大笑道。

「呂參將，今日是……」李清試探地問。

「哦！」呂大兵看了眼身後黑壓壓的士兵，彷彿才反應過來，「哈哈，兄弟誤會了，我是來給李兄弟送人的。」

「送人？」李清大惑不解。

呂大兵解釋道：「是這樣的，前些日子李兄弟不是去我那兒要人麼？那時兄弟的選鋒營也是草創，要啥沒啥，這不，這些日子理出了頭緒，一想到李兄弟這裡還是個空架子，缺了好幾百人，便給兄弟你又帶來七百人，你這常勝營左翼可就滿員了，哈哈哈！」

李清一頭霧水，不了解為啥呂大兵一下子好心起來，回頭看看身後那一排排的兵，倒都是實打實的精壯漢子。

管他呢，不要白不要。於是立馬滿臉堆上笑容，「哎呀呀，呂參將，這不知讓下官說什麼好了，多謝，多謝，楊一刀，快，擺酒，我要和呂參將喝幾碗。」兩人便像多年好友般地勾肩搭臂地向營帳走去，看得王啟年、姜奎等人納悶不已。

酒過三巡，呂大兵壓低聲音道：「李兄弟，你可真會瞞啊，瞞得兄弟我好苦啊！」

李清不解地道：「不知下官瞞了參將什麼？下官可是坦蕩蕩的啊！」

呂大兵呵呵大笑，「李兄弟，你是翼州李家的人吧？」

李清臉色頓時一變，塵封在腦中的事情驀地閃現出來，一幕幕，有甜有苦，有酸有澀，「呂參將是從何而知的？」

呂大兵仰頭喝下一碗酒，笑道：「如今在定州都已傳開了，李兄弟乃是威遠侯的兒子，佩服啊佩服，想李兄弟如此尊貴的身分，居然隱瞞身世來當一個小兵，大家都是佩服得緊呢。」

李清心情一下子便壞到了極點，噹的一聲將酒碗放在桌上，怒道：「誰說我是威遠侯的兒子，我不認得什麼威遠侯！也不是什麼翼州李家的人。」

呂大兵一口酒險些岔到了氣管裡，看著李清陰沉的臉，這才猛的想起兄長呂大臨的話，看來這李清果然與威遠侯有些不對盤；但要說不是李家的人，嘿嘿，瞧這對付上官的樣子，**如果不是背景深厚的世家子，哪敢如此態度對自己！**

呂大兵強笑道：「是我失言了，這是李兄弟的家事，算我多嘴，來，喝酒。」

看著呂大兵，李清忽然覺得他那張堆滿笑容的臉分外可惡，難怪大清早地來給自己送人，原來源頭在這兒。不過看在幾百口子人的分上，卻不得不給他幾分面子。

「來，喝酒喝酒，我還要多謝參將大人吶。」呂大兵豪爽地道：「謝什麼，給兄弟送來的這些兵，可都是裝備齊全；另外，我看兄弟這裡實在寒慘了點，回頭我再給兄弟送些弓弩來，總得讓兄弟有面子不是。」

「多謝參將了。」李清臉上擠出笑容，有便宜總得占不是，送上門來的不要白不要，雖然心情壞到了極點，但仍陪著笑臉，與呂大兵左一碗右一碗地牛飲。

「兄弟，你要升官了。」呂大兵臨走時，將嘴附在李清的耳邊神秘地道：「這是我兄長告訴我的，你要當常勝營的參將了！」

看著呂大兵消失，李清嘴角抽搐了幾下。

「大人，你真是翼州李家的子弟麼？」王啟年興奮地湊到跟前，「您真要當常勝營主官，當參將了麼？」

姜奎，馮國都興奮地圍了上來，翼州李家，那是什麼人哪！**一門一公三侯，大楚數得上的世家，跟了這麼個世家子，以後前途一片光明啊！**難怪大人說以後我們會當將軍，原來大人是李家的人吶！三人都是恍然大悟。

「什麼李家的人，滾，消失！沒事做麼，剛來那幾百人，快分營，去操練他們。」李清突地大發脾氣，一腳便將桌子蹬翻，嚇得三人連蹦帶跳地逃了出去。

第四章

一場交易

「尚先生這話有何依據？言猶在耳，便要撕破臉皮麼？」

尚海波道：「將軍想想便明白了，這一次將軍升職，李家助蕭家度過難關，這是什麼？」

「這是一場交易！」李清道。

「對，一場交易。」尚海波道。

「奉天承運皇帝詔曰……」

定州知州方文山、定州軍大帥蕭遠山率著定州文武，跪了滿滿一院子，低著頭聽著欽差，壽寧侯李退之一板一眼地念著聖旨，其實聖旨的內容，在場夠分量的人早已通過不同的管道瞭解得一清二楚，現在不過是走個過場罷了。

李清鷹揚校尉的身分，本是沒有資格來這裡聽聖旨的，不過這份聖旨裡有專門對他的恩旨，因此得以前來。

李清跪在最末，此時他耳裡根本沒有聽清什麼話，只是低頭想著自己的心事，李退之，壽寧侯，自己名義上的二伯，要以什麼姿態面對他呢？

終於聽到了「萬歲萬歲萬萬歲」的謝恩聲，在場的人都不約而同地出了一口大氣。

定州軍大敗這件事到此算是揭過去了，所有的人都沒有什麼大礙，仍然是原來幹嘛，現在還幹嘛，只有一人天上掉了餡餅，那就是原常勝營雲麾校尉李清連升三級，成了常勝營主官，參將。

從現在起，他便可稱之為將軍了，二十歲的將軍呢！

所有的人都豔羨地看著李清，是李家的人啊，難怪了，這世家子沒功還能升官；何況李清在這場大敗中，還有實實在在的軍功。

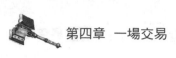

李清木然地接受著眾人的祝賀，木然地隨著眾人喝完了給欽差的接風酒，然後木然地回到了常勝營。

已經接到命令的王啟年等人，將常勝營嶄新的營旗升上營頭，全營僅有的一千人排著整齊的隊列歡迎著他們的參將大人回營。

「恭迎參將大人！」

上千人齊聲的吶喊將木然的李清嚇了一跳，總算回過了魂，看到王啟年三人及一干手下那熱切的目光，他有氣無力地揮了揮手，「罷了，你們先回去吧，我想歇歇！」獨自走向帳中。

他想要安靜地思索一下，他知道，接下來，壽寧侯李退之肯定會找上自己。

身後，王啟年等人已抓住唐虎和楊一刀，正逼問著州府裡發生的一切。

李退之上上下下地打量著面前的李清，魁武的身材，比自己和三弟都要高上一個頭，面容依稀有著三弟年輕時的影子，只是一雙眼睛卻閃動著與他年紀不符的神采，那是久歷風霜，看盡紅塵的瞭然，還有一絲的桀驁不馴之色。

「常勝營參將李清，叩見欽差大人！」李清猶豫片刻，仍是大禮參拜下去。

嘿！李退之冷笑一聲，果然不出父親大人所料，這李清心存怨恨，難怪父親大人安排自己親自過來。

「怎麼，連聲二伯也不願叫麼？」李退之沒有去扶李清，嚴肅地道。

李清伏在地上，既不起身，也不回答，倔強地以頭抵地，一言不發。

雙方僵持半晌，終於李退之嘆了口氣，「罷了，果然是個強種，你起來吧！」

李清爬了起來，束手站在一邊，低頭看著腳尖。

「坐！」李退之命令。

「你的事情，三弟一直瞞得緊，父親大人和我也是此次方才知道。」李退之解釋道。

其實他說謊了，安國公李懷遠的確是才知道，但他卻是早已知曉。

「你心中可怨恨你父親麼？」

「不敢！」李清從喉嚨裡噴出兩個字。

「嘴裡說不敢，其實心裡是恨的，不是麼？」李退之慢條思理地喝了口茶，道：「其實也不怪你，這事要是擱在我身上，我也恨。」

「從你不願叫我伯父這一點，我便知道你恨意不小，但你並沒有改姓易名，這說明你心裡還是認可自己是李氏一族的。」李退之捻著鬍子，緩緩地道：「這一點讓父親大人很是欣慰，如果你改了姓，這次這參將可就到不了你的手上了。」

李清抬起了頭，目光炯炯地望著李退之。

「你可知這一次為何是我親自到定州？」

「您不是來宣旨的麼？」李清反問。

「哼，」李退之冷哼道：「宣旨這種跑腿的事，還用得著我親自來麼，這一次是父親大人特地吩咐讓我來的，宣旨是順路而已，主要還是為了你。」

「我，我不明白！」李清吶吶地道。

這小子沒有自稱下官，便是從心理上打開缺口了，李退之滿意地點點頭。這一點也不奇怪，這個時代，宗族觀念比之國家觀念可要強多了。

「我此次來，便是要**解開你的心結**，**讓你重歸李氏**，父親大人已將你的名字列上了族譜，等你有時間回京的時候，再正式讓你認祖歸宗。你是威遠侯的長子，這一點已是無庸置疑。」

看著侃侃而談的李退之，李清腦子裡電光火石般地轉著念頭，他瞭解到，**大楚，早已不是皇權至上的時代了，皇朝大權基本操縱在各大世家手中**；毫不誇張地說，如果幾大世家聯手，要換個皇帝是輕而易舉的事，只不過現在幾大家族相互牽制，這才讓大楚苟延殘喘，**一旦這種平衡被打破，大楚的崩潰是轉眼的事**。而李家便是這些世家中舉足輕重的一員，靠上這棵大樹，自己會過得更好！

更何況自己這具身體本來也是屬於李氏一族的。

「多謝祖父大人和二伯。」李清低低地道。

聞聽此話，李退之臉上露出了笑容。

安國公之所以要派他來，便是擔心李清對李氏心懷怨恨，不肯認祖歸宗，那李氏一番心血可就打了水漂，現在李清的反應明顯比預料的要好。

「好，很好，既然如此，你我便可以放開來談一談了。」李退之點點頭，「侄兒，你少時便離家，一直在外闖蕩，對眼下時局可有什麼看法？」

這是要考校自己了？李清腹誹道。

「皇權衰落，世家把持朝政，說嚴重一點，眼下便如同割據一般，大楚已是風雨飄搖，一旦風吹雨打，必然崩塌。」李清沉聲道。

李退之雙手一合，「時局既如此敗壞，你說說我李氏應當如何？**是繼續扶持大楚，或是退而自保？**」

李清目光閃動，沉吟道：「就眼下而言，世家還保持著平衡，大楚還能苟延殘喘，我李氏一族自當扶持大楚，保有大義名聲，暗自積蓄實力，**一旦風起雲湧，進可逐鹿中原，退可保一族榮華。**」

「如何積蓄實力，你可知我李氏現狀？」李退之反問。

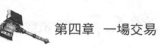

李清站了起來，走到李退之面前，用手蘸上茶水，在茶几上畫了幾筆。

「伯父請看，我李氏雖強，但翼州之地，實為四戰之地，無險可據，且又出產豐饒，世道一旦大亂，我翼州自保尚可；但想更進一步，卻是難上加難，亂世若持久，我翼州必將遭人窺探，到那時，便是我李氏衰落之日，是以**走出翼州，已是我李氏佈局之關鍵。**」

李退之深深地看了一眼李清，「如是你，怎麼做？」

李清微微一笑，「祖父大人深謀遠慮，眼下不是已經在做了麼？」

李退之哈哈大笑，「佳兒如是，我李氏之福。三弟啊三弟，真不知你是怎麼想的，如此佳兒，居然放之流落四方！」

「伯父謬讚，李清只不過井中之蛙，狂言時局，二伯勿怪。」李清躬身道。

「不，你說得很對，父親大人正有此意，先前父親大人縱論時局，與你所見不謀而合。不過清兒，你在定州只不過是一個小小的參將，可有什麼計較？要知道以後你身屬定州軍，而李氏不可能贊助定州。」李退之問道。

李清傲然道：「金鱗豈是池中物，一遇風雲便化龍，伯父大人，不是李清誇口，只要我有一塊地盤，不出三年，我定會讓定州成為我李氏囊中之物。亂世來臨之際，**定州翼州雙向齊攻，拿下復州，三州連成一片，天下亦可問之。**」

「好！」李退之大笑道：「有此雄心，不愧我李氏族人。清兒，今日我在這裡向你保證，如你能在三年之內拿下定州，則李氏三房的繼承人將是你，而不是你父親的嫡子李鋒。」

李退之興奮地在房中轉了幾個圈子，他本來是奉安國公之命來安撫李清，順便布一顆棋子而已，沒想到李清才幹驚人，對天下時局看得極清，顯然經過深思熟慮，早有計較，不由慶幸自己幸虧來了這一趟。

「清兒，此次來，我帶了十萬兩銀子給你，想你常勝營初建，用錢之處甚多，一定要將這支軍隊牢牢握在手中。父親大人知你現在沒有什麼人手，所以我還帶了幾名幕僚，你先用著，如果順手便留下來，以後要什麼只管開口。」

李清心中暗道，給錢當然要，人卻罷了，你的人來多了，那常勝營還是我的麼？心裡如是想，嘴裡卻是連聲道謝。

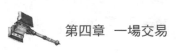

「記好了，清兒，**有宗族，就有你李清！沒有了宗族，那你什麼也不是。**」

李退之一臉嚴肅地看著李清，「為了李氏一族的光大。」

李清霍地跪下，以手扶胸：「為了李氏一族！」

馬蹄聲得得地敲擊著定州城街面上平整的青石板，積鬱在胸中的悶氣宣洩一空，李清只覺得渾身神清氣爽，整個人也顯得輕鬆起來。自從來到這個世界，他還沒有感到如此的輕鬆過。

他的情緒感染了緊跟著他的唐虎和楊一刀，看到李清高興，兩人便也沒來由地高興起來。

「將軍，你今兒為何這麼高興？」楊一刀問。

李清笑道：「因為**我終於弄明白了自己要做什麼**。」

楊一刀搔著腦袋，困惑地道：「難道將軍以前不知道自己想要做什麼嗎？」

「嗯，不知道，只是做一天和尚撞一天鐘，沒有什麼明確的目標，但今天，我搞明白了。」

唐虎拍馬緊走幾步，落後李清半個馬頭，問道：「那將軍想做些什麼呢？」

李清瞄了他一眼，反問道：「唐虎，你最想做什麼？」

唐虎笑道：「將軍，我就想跟著您做個親兵，過幾年攢幾個錢，討房婆娘，生幾個娃娃，等娃娃們長大了，繼續給將軍當親兵。」

看到唐虎一本正經地述說著自己的理想，李清不由哈哈大笑。

「一刀，你呢？」

「我？」楊一刀想了想道：「沒怎麼正經地想過，將軍這一問，還問倒我了呢。我從軍前就有婆娘了，生了個女兒，不過那時的我窮得很，累得她母子也是吃了上頓愁下頓，所以我才從軍去，至少軍餉還能讓她娘倆吃上飯。現在定州大亂，也不知她母子二人安好不，我最大的願望，就是讓她們不愁吃不愁穿，快快樂樂地過日子。」

李清點點頭，「說得不錯，你們都是想日子過得更好一些，我也一樣。但想要將日子過得更好，**命運就必須要掌握在自己手裡**，不能乞求別人讓自己過得更好。」

唐虎順口道：「將軍，您說錯了，我們跟著將軍，只要將軍過得好，我們自然就好了。」

李清一噎，忽地醒悟過來，自己所站的高度和二人不一樣，當然過上好日子的期待也不一樣，他們可以靠自己，但自己卻要靠誰呢？李氏麼？

李清冷笑一聲，宗族？兩腿一夾，胯下馬兒會意地小跑起來。

「一刀，我放你幾天假，回去瞧瞧你的婆娘女兒吧！唐虎，做好你的親兵，有瞧著順眼的女子便娶了來，將軍我給你做主，哈哈，既然靠著我了，我自然要讓你們過好。」

唐虎和楊一刀都是又驚又喜，口中連稱：「多謝將軍。」

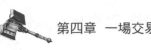

第二天，十萬兩銀票和兩名文人便來到了李清的常勝營。

「見過小侯爺，鄙人路一鳴，奉壽寧侯之命，前來襄助小侯爺。」年紀稍微長一些的文士抱拳深揖，朗聲道。

李清打量著此人，頭髮梳得一絲不苟，一襲文士巾自頭頂垂下，眼光深邃，一看便知是久歷宦海的人物，不論說話還是禮節，挑不出一絲的錯處。

「我不是什麼小侯爺，你還是叫我將軍吧！」李清淡淡地道。

路一鳴不由一愣，眼中閃過一絲驚異。

李清的目光轉向另一個年紀三十許的文士，那人卻隨意得很，一襲白袍雖然洗得乾乾淨淨，但頭髮卻只用一根髮帶隨意地束著，任其披灑在肩上。

看到李清往自己看來，兩手一抱，拱了拱道：「在下名尚海波，我與路爺不同，路爺深受壽寧侯器重，我卻只是一個不得意的秀才，往日竊居侯府，做些文書工作，討口飯吃，在府裡是個討人嫌的角色，在府裡實在待不下去了，聽聞將軍這裡需人，便毛遂自薦地跑了來。如將軍覺得敝人可用，便留下我，如若覺得不可用，便逐了我去，我亦不會有半句怨言。」

李清聽著有趣，不由失笑。這人倒也坦蕩，不過聽他口氣，卻是傲氣得緊，自視甚高，顯然沒將路一鳴看在眼裡，他瞥了眼路一鳴，果然見他臉上露出嫌惡的神色，兩人一看便不對路。

「壽寧侯也不知怎麼想的，既然派人來幫我，卻讓兩個不對路的來，是嫌我這裡不夠麻煩麼？」心裡如是想，嘴裡卻道：「先生言重了，我這常勝營乃是初創，艱苦得很，兩位先生肯來屈就，李清自是感激不盡，如有什麼不周之處，二位尚請不要見怪才好。」

路一鳴趕緊道：「小侯爺，不，李將軍，我等既然前來襄助將軍，自是要與將軍同甘共苦，怎麼會有怨言。眼下將軍如雛鳳展翅，不日定將高飛九天，能與將軍共事，是我等的榮幸。」

李清喚來唐虎，吩咐道：「去給兩位先生準備營房，一人一座，就紮在我營帳旁吧。路先生，常勝營初創，千頭萬緒，請您為我籌畫；尚先生則為我打理一應文書事宜，如此可好？」他徵詢的看向兩人。

路一鳴搶先答道：「如此甚好。」

尚海波嘴角微微一牽，無可無不可地道：「便聽小將軍安排。」

看到兩人隨著唐虎下去，李清不由皺起眉頭，這兩個傢伙看起來都不是省油的燈呢，不過也不妨，省油的燈自己還不要呢，先讓他們二人幹上一段時間，看看兩人的才幹再說吧。

安排好兩個新人，李清召來王啟年三人，詢問新到士兵的訓練分營情況。兵是他的立身之本，萬萬馬虎不得。

「將軍，依照您的吩咐，左翼現在有編在冊五百人，已分組完畢，正在訓練，月餘後應可達到老兵們的水準。」

王啟年喜上眉梢，李清升官，他也跟著水漲船高，現在已是堂堂的鷹揚校尉了，一個月的功夫，從大頭兵躍升到鷹揚校尉，是他以前想也不敢想的事情，在他看來，李清是他命中的福星，從眼裡到心裡都閃爍著對李清的崇拜。

同樣升任鷹揚校尉的姜奎和馮國卻有些心不在焉，姜奎手下得了三百人，都會騎馬，有些馬術還很不錯，但眼下他是一匹馬也沒有。

其實定州是邊州，這裡的人大都會騎馬，但騎普通馬和戰馬還是區別很大的，能在馬上作戰的合格士兵倒還真的有些難找，雖然湊了三百人，卻只能當步兵使。

馮國更慘，李清將他定位於常勝營的斥候隊，他手下的兵倒是精銳得很，比之李清的親兵隊不遑多讓，但人卻著實少了些，因為這些人不但要功夫高，還要機靈，扒拉來扒拉去，也只選了百多人，在三名鷹揚校尉中最為淒涼。

「馬會有，人也會有，一切都會有的。」李清也只能安慰他們要向前看，相信日子一天會比一天好過。

話雖這麼說，但李清可不這麼想，眼下定州是由方蕭兩家控制，自己這個李氏弟子橫插一腳進來，不成為對方的眼中釘才怪，往後只怕小鞋有得穿了。

以後怎麼辦，李清暫時也沒有什麼想法，一切都要等欽差走了後，整個定州軍開始整編方才知曉，相信那個時候才是自己艱難日子的開始，眼下一應軍資還是少不了自己的，李退之還在定州盯著呢。

常勝營的架子搭了起來，李清反而有些清閒了，王啟年三人練兵已是有模有樣，整個常勝營的營盤擴大了數倍，營中也開闢了更大的校場，整日裡都是操練的聲音。

這幾日，除了去軍帥府和知州府沒完沒了的應酬外，唯一讓李清驚喜的是尚海波。

這個不修邊幅的秀才短短幾天便拿來一疊厚厚的文書，從後勤管理到軍資供應，從日常運轉到緊急戰備，將李清以前做的批評得一無是處。

李清鐵青著臉看完尚海波所擬的條陳，不得不承認，自己以前太理想化了，自己想當然的一切，與這個時代差距太大，而尚海波的條陳顯然更符合眼前的實際面。

於是，一場改變便又在常勝營裡開始了。

天啟十年十月二十日。

常勝營裡所有的高層群集在李清的營帳內，開著他們成營以來第一個正式的會議。目的只有一個，欽差走了，定州軍的整編馬上便要開始，常勝營的前途如何，當如何應對。

王啟年三人帶兵還行，這樣的討論顯然已超出他們的能力範圍，除了張大嘴巴，支起耳朵，什麼也做不了。

站在李清身邊的唐虎、楊一刀，除了做兩尊門神以外，也做不了其他什麼事，所以討論主要在李清和路一鳴、尚海波三人之間展開。

「將軍，我想蕭遠山和方文山不至於太過分，畢竟此次他們是依靠我李氏的幫助才度過這一關，投桃報李，我想，將軍的處境應當不會太難。」路一鳴胸有成竹地道。

李清點點頭，「路先生說得不錯，我也是這樣想，短期內還可應付，但就怕這一次整編，我們都知道，定州軍不是禁軍，軍餉軍資朝廷向來只提供三成，其餘七成要自己籌集。一般而言，定州軍是劃分一縣為一營的餉源之地，如果蕭遠山要為難我們，恐怕便會從這上面著手。」

路一鳴道：「將軍所慮不錯，所以這次我們一定要掙個好一點的縣，至少也要是個中等縣分，這樣才能籌集到足夠的糧餉，常勝營才能發展壯大。」

尚海波哧的一聲冷笑，路一鳴霍地回頭，怒道：「你笑什麼，我們這裡殫精竭慮，你一言不發，是何道理？」

尚海波不屑地說：「這還有什麼好想的嗎？」

李清不滿地看了他一眼，「尚先生，我們在議事，你有什麼想法，盡可道來。」

尚海波端正了神色，道：「將軍，其實這事想也不用想，定州哪裡最窮，哪裡最難，哪裡就肯定會分給我們作為餉源之地。」

「這是什麼道理？」路一鳴冷道：「人未走茶已涼麼？蕭方兩家不至於如此無恥吧？」

李清也不敢置信地道：「尚先生這話有何依據？言猶在耳，便要撕破臉皮麼？」

尚海波道：「將軍想想便明白了，這一次將軍升職，李家助蕭家度過難關，這是什麼？」

「這是**一場交易！**」李清道。

「對，便是一場交易。」尚海波道：「交易已經做完了，將軍升了官，蕭遠山安然無恙，兩家各得其所，然後橋歸橋，路歸路，難不成蕭方兩家還眼睜睜地看著將軍發展壯大麼？恐怕現在他們想的便是如何拔掉將軍這顆釘子吧！讓將軍無法生存，無法立足，然後自動離開。」

李清心頭一跳，「做得如此明顯，不怕我李氏反彈麼？」

尚海波道：「蕭方兩族與李氏是朋友嗎？不是吧！他們的勢力比李氏小麼？**有利則合，無利則分**，有什麼可說可怪的。」

「那依先生之見，我們常勝營最有可能去什麼地方？」李清請益道。

尚海波從案頭抽出一份定州地圖，指著道：

「將軍請看，定州最富足的地方，當然是定州城周邊，這塊地方不用想，肯定是蕭遠山的！而眼下定州軍中最具有戰鬥力的，則是中協的呂大臨部，為了防止蠻族再次入邊，蕭遠山肯定將中協放到定遠、威遠、鎮遠三處軍塞，這三處軍塞雖離蠻族最近，卻也是最為富饒的地方，不但出產豐富，而且還可以與蠻族通商，仗打完了，生意還是要做的，蠻族需要的日常用品，鐵，鹽，哪項不需要向定州買？光這商稅就夠呂大臨吃飽喝足。而撫遠雖是偏地，但護衛著定州側翼，所在的臨縣也不錯，這個地方肯定歸呂大兵的選鋒營，因為撫遠一旦有事，呂大臨肯定不會放任不救，上陣親兄弟嘛！」

尚海波侃侃而談，轉眼間已將定州瓜分一空，末了，將手指定一個地方，「這裡，便是我們常勝營的地盤。」

「崇縣？」李清不由發出一聲驚呼。

「不錯，便是崇縣！」尚海波冷冷地道：「崇縣多山，本身已是窮鄙之極，此次蠻族入寇，深入定州，將本來不在邊境的崇縣也燒殺一空，擄掠無數，人口十不存一，若將將軍的常勝營放在這裡，將軍哪裡去籌餉，哪裡去補充兵員？

「將軍現在的常勝營只有千餘人吧，想要補足三千人的足額，就不用指望蕭遠山了。無人無兵，將軍如何立足？即便將軍有李氏支撐，不愁餉源，但沒有一支強軍，不能為李氏謀奪利益，李氏會為一支無用的力量出錢麼？只怕到時李氏也會放任不管，任由將軍自生自滅了。」

李清臉色陰沉，「如此說，便無法可解了？只有去崇縣一途？」

尚海波點頭道：「不錯，崇縣肯定是將軍的駐兵之所。」

「我問你可有解決的法子？」李清沉聲問道。

尚海波搖搖頭，「不知道，只能走一步看一步了，眼下將軍只能在整編中盡可能地要一些其他的利益，稍稍補益。」

「其他的東西？糧，軍械，還是什麼東西？」李清問。

尚海波搖搖頭，「這些東西蕭遠山肯定託辭不給。將軍再想想，您真需要這些東西嗎？即便蕭遠山給，又能給多少，能支持多長時間？更何況將軍現在不愁錢！短時間內，將軍還是有銀子的，也可以從李氏那兒要到一些。」

李清掃了一眼尚海波，這個可惡的傢伙，言語中居然帶上了考校的意味。

是啊，自己如果到了這樣一個地方，**真正需要的是什麼呢？**皺眉凝想，一邊的路一鳴顯然也在思考這個問題，先前他完全沒有想到會有這麼壞的結果。

半晌，李清眼前驀地一亮，「我明白了，在這樣一個地方，我最需要的是什麼！」

尚海波臉上浮出興奮之色，「將軍想到了什麼？」

「**人事權！**」李清一字一頓地道：「我要將崇縣的軍民大政全抓在手中，這樣若做起什麼事來，才不會掣肘。」

尚海波兩手一拍，「正是如此，將軍，這便是您能唯一能要到的東西，至於以後怎麼辦，等到了崇縣再說吧！」

李清點點頭，「先生說得不錯，李清茅塞頓開。」

路一鳴有些羞赧，尚海波想到的，他完全沒有想到，此時的他看向尚海波的眼神已完全沒有以前的輕視，轉向李清，「將軍，這只是海波的猜測之言，也許情況沒有這麼糟。」

李清道：「雖不中，也十有八九矣，明日就要軍議，既然我們已知道去處，那二位先生，有些東西便要先準備了。」

路一鳴點頭道：「不錯，我認為首先要購置大批的糧食，到了崇縣，不僅是軍隊，還有那裡的老百姓也張著嘴要吃飯，沒有糧食，就沒有安定，更何況馬上要過冬了。」

「那就拜託兩位先生去準備吧！」

「李參將啊，現在定州軍都缺人，暫時你常勝營就不能再添人啦，現在連中協呂偏將，哦，不，現在是呂副將大人手下幾個營都還有缺額啊，要體諒本帥，啊哈哈！」

「哦，李參將說沒問題，好好好，我就知道李參將年紀雖輕，但識大體，顧大局。什麼，要糧食，啊呀呀，這個可有點問題，這樣吧，我咬咬牙，給你營中撥三個月的用糧，千把人三個月的口糧，我這裡省省還是有的。」

「什麼，呂副將也答應給李參將支援一個月的用糧，太好了，呂副將真是提攜後進啊。」

「軍械，沒問題，千把人嘛，用不了多少，軍議之後，按照你常勝營現有編制去取。」

「李參將啊，崇州是個好地方啊，不用與蠻族直接對陣，安全得很呢！老夫這可是看在壽寧侯再三囑託的分上，才將崇縣給你的，那地方現在雖然破敗了點，但山青水秀，是個好地方呀！」

「不錯不錯，真是個好地方，我選鋒營本來想去那裡的，但大帥將我好一頓罵啊，說常勝營現在才千來人，要是放在撫遠那些地方，豈不是將李參將置於險地嘛，這可怎麼對得起安國公和幾位侯爺，真是慚愧啊！」

李清臉上帶著笑，一一感謝大帥及眾位將軍的盛情，連稱一定將這番恩情記在心中，將來一定會有所回報，常勝營將對大帥以死效之，為了大帥赴湯蹈火，在所不辭。以後雖然身在崇縣，遠離定州，但只要大帥一聲召喚，必躍馬而至。

眾人唏噓不已，互道珍重，李清也在眾人關切的目光下躍身上馬，雄糾糾氣昂昂，頗有壯士一去兮不復返的勢頭，向蕭遠山告辭而去。

看著李清消失的背影，蕭遠山臉上的笑容一絲絲退去。

列席軍議的方文山若有所思：「大帥，這李清如果不是傻子，那就心機甚深，不可小視啊！」

蕭遠山哼了聲：「方兄，你看他像個傻子嗎？知道去崇縣是無可避免之事，掉頭便向我們要去崇縣的民政大權，軍民一把抓，集大權於一手，於不利中謀取自己最有利的條件，這等心機，何其機敏！」

方文山嘆道：「蕭帥，我等不會養虎貽患吧？」

蕭遠山呵呵一笑：「方兄，你也太小瞧你我了吧，不說崇縣現在一個爛攤子，他就算大權握於一人之手，怕也難有回天之力，就算他能站住，你我兩人還能讓他翻上天去?!區區千來人，必要時反手間便滅了去。」

兩人相視一笑。

李清回到營中，碰地一聲將頭盔擲在地上，大叫道：「他媽的，憋死我了，這幫龜兒子，殺人也笑嘻嘻的！」

眾人只看他的臉色，便知結果不出尚海波所料。

「將軍今日想必大開眼界，見到了官場臉色吧！」尚海波哈哈一笑，問道。

李清連連點頭，「不錯，明明都想將我分來吃了，那笑容，口氣，好似我是他們捧在手裡怕掉了、含在嘴裡怕化了的寶貝，直讓人起一層雞皮疙瘩。」

「將軍不也一樣麼？」尚海波接上一句。

李清不由一愣，接著大笑起來，「哈哈，不錯，都是一幫他媽龜孫子。」

「不出尚先生所料，崇縣是我們的了。啟年，你率人去軍府，領一千人的軍械，記著，一千把長槍，一千把長刀，一千張弓，一千壺箭，還有三個月的糧食。奶奶的，既然想打發我早點走，就把東西給取齊了。」

「姜奎，你去中協找呂大臨，這狗日的說要給老子一個月的糧食，蚊子再小也是肉，去給我要來。」

「馮國，組織剩餘人等準備拔營，等要齊了東西，老子就不做他們的眼中釘了，早點去崇縣，去了崇縣，我就是老大，不用看他人眼色。」

「尚先生隨我一起，路先生，你人頭熟，路子廣，我們這次去崇縣，面臨最大的困難就是糧食，眼下還不知崇縣剩多少人，但糧食總是越多越好，你去復州，翼州，買也好，要也好，一定儘量多籌措些糧食回來。我們能不能過這個冬天，便看您的了。」

一迭聲地吩咐下去，眾人轟然應諾，分頭去辦事。

李清看著轉眼間空蕩蕩的營帳，嘴角不由泛起一絲苦笑，老大可不是那麼好當的啊！沒錢沒糧，焦頭爛額啊，壽寧侯給的十萬兩銀子，轉眼間就給了路一鳴一半，眼下可還沒有看見崇縣的影子呢！

三天之後，雲集定州的各路軍馬陸續開拔，李清是最後一個走的，與其他各路人馬走時的熱烈場面相比，常勝營開拔時冷冷清清，軍府和知州府一個相送的人也看不到，大概已把李清看成是一個死人了吧。

倒是恆熙提了壺酒，與李清對飲了三杯，說了聲珍重。

「定州，我會回來的。」沉默地走了數里路後，李清回頭看著遠處定州城那高大的輪廓，忽地大聲吼道。

十天後，這支千餘人的部隊踏入了崇縣的地界，路開始難走了起來，越來越崎嶇，山勢也一天比一天陡峭。

更讓李清等人心情沉重的是，一路上殘垣斷壁，到處是燒毀的房子，偶爾路上有一些面黃肌瘦，一臉絕望之色的鄉民，看到這支隊伍後，默默無語，一言不發地尾隨在隊伍後面。

「尚先生，紮營後，煮些粥給這些鄉民吃吧！」李清吩咐道：「士兵們也改一天兩乾為一天一乾一稀，省些口糧，只怕越往前，難民會越多。」

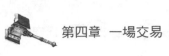

李清的預感很準，隨著隊伍在崇縣越深入，尾隨在軍隊後的難民便一天比一天多，跟著這支軍隊有粥喝，雖然不飽，卻可以度命。

等李清達到崇縣縣城時，身後已跟上近萬的難民，拖兒帶女，扶老攜幼，卻都有一個共同的特點，那就是面帶菜色，虛弱不堪。

「這就是崇縣縣城？」李清有些不相信自己的眼睛。

不遠處，原本應當是縣城的地方竟是一片廢墟，本就不高的城牆四處都是缺口，裡面已看不到一幢完好的房子。

看到遠處的人群，原本一片安靜的廢墟裡突地站起一個人來，緊跟著一個接著一個，無數人如同地鼠一般，從那片廢墟裡爬了出來，沉默地迎向這支軍隊。

李清有些駭然，王啟年等人更是默不作聲地將軍隊展開，擺出進攻陣形，看眼前這些人，怕不有上萬人，這些餓急了的人什麼幹不出來！

對方越走越近，也許是看到對面軍隊嚴陣以待，對面的人群停了下來，兩群人沉默地對視著，李清胸口有些堵得慌，如同一團火在那裡熊熊燃燒。**對面的這些人哪裡還像人啊，除了眼珠還在轉動，整個便如同一個骷髏軍團。**

他撥馬向前走去，緊跟在他身邊的唐虎一驚，伸手牽住他的馬轡，提醒道：

「將軍，小心！」

尚海波也是臉色凝重，「將軍，不可大意，這些難民隨時有可能暴起發難，搶奪軍資。」

李清臉色陰沉，冷冷地道：「放手！」

唐虎倔強地搖頭，「不放，將軍，你不能去！」

啪的一聲，李清揚手一鞭，抽在唐虎的手上，唐虎吃痛之下，不由鬆開馬轡，李清撥馬便走，唐虎齜著牙，趕緊與楊一刀跟了上去，兩人的手緊緊地按在腰刀上，四隻眼眨也不眨地死盯著對面的人群。

尚海波愣了片刻，搖搖頭，忽地自語一聲，「枉我讀了這多年的聖賢書！」也打馬跟了上去。

軍隊散開一條通道，李清出現在難民的眼前。

「我是定州軍常勝營參將李清，奉命駐紮崇縣，對面有主事的人嗎？」李清沉聲問道。

難民中一陣騷動，一個瘦得只剩一身骨頭架子的人走了出來，向著李清一揖，「崇縣縣尉許雲峰，見過參將大人。」

縣尉，應當是縣裡的二把手了。

「你們縣令大人呢？」

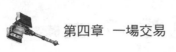

「跑了！」許雲峰大聲道。

李清一怔，「那你怎麼沒跑？」

許雲峰一愣，似乎沒有想到對方為什麼會問這個問題，體會出對面這個參將話裡的意思，不由大怒：「本官身為本縣縣尉，自當率本縣百姓共抗時難，焉能逃跑！」

李清馬鞭一揚，「這些人都是你在料理？」

許雲峰點頭大聲道：「回參將大人的話，縣裡沒什麼官員了，我組織了一些人維持這裡的秩序，本已準備向外逃難了。」

李清聽了道：「本將來了，你們不用逃難，從現在起，你就是本縣知縣了。」

許雲峰又是一呆，對面這個參將是武官，怎麼可以隨便任命自己為知縣，他也沒有這個權力啊！

看到許雲峰的神情，李清補充道：「鑒於崇縣現狀，軍府蕭帥和知州方大人已委我全權處理崇縣事務，知縣等官職都由我來任命，你很好，從現在起，你便是知縣了，告訴你的子民，我李清來了，崇縣再也不會餓死一個人。」

說完，轉身大聲命令道：「紮營，生火，煮粥，讓崇縣的百姓先吃一口飯。」

黑煙散去，一片殘破，仍有一股股難聞的味道在風中飄蕩，原崇縣縣尉許雲峰算是一個能吏，崇縣被破之後，他沒有拋下百姓，一逃了之，而是率領著一大批百姓逃入了深山，待蠻兵退後，又從山上返回，含淚安葬了死難的百姓，然後安撫慌亂無依的眾人，開始了漫長的等待。

在許雲峰的腦子裡，蠻兵既去，想必州城很快就會有救濟的糧食等物資運來，但萬萬沒有想到的是，蠻兵入寇後，州城裡的大老們卻是只關心如何推卸責任，保住官位，等一切塵埃落定，又忙著分配權力。

這些被燒殺擄掠一空的百姓在苦苦等待了一個月之後，僅有的一點耐心也被磨光，殘破的崇縣再也沒有一粒米，連老鼠都被掃蕩一空，空氣裡蘊釀著一股危險的氣息，隨時有可能爆炸開來，要不是許雲峰在這次入寇中積累下不小的威望，早已彈壓不住。

就在許雲峰也開始絕望的時候，李清來了，僅僅一句不會讓崇縣再餓死一個人，便讓許雲峰感激涕零，恨不得跪在地上給他叩上幾個響頭，一個月啊，雖然不至於讓他愁得滿頭白髮，但昔日一頭烏黑的長髮如今已是夾雜著絲絲白意了。

圍繞著常勝軍營，一個個簡易的窩棚開始搭了起來，崇縣開始有了一點生意，倖存下來的孩子在喝了幾碗清粥之後，又有力氣開始在棚戶間嬉笑玩耍，相比仍舊愁容滿面、一臉哀傷的大人來說，孩子們的快樂總是來得很簡單。

「大人，已經統計出來了。」許雲峰恭敬地向李清遞上一遝名冊，「崇縣原有丁戶二萬戶，計十一萬三千一百五十八人，蠻兵入寇後，除被殺，被擄，或逃入深山者外，如今尚餘五萬多口，縣城這裡聚集了大約三萬人，四鄉八里得到消息後正向這裡聚集的人，估計接近兩萬人。過些時日，應該還會有得到消息的人下山。」

「什麼？五萬餘人？」帳裡的人都倒抽了一口涼氣。

說實話，這剩餘的五萬人成了常勝營極大的包袱，常勝營自己糧食尚且不足，如何養活這許多人？

「大人，不能讓這些鄉民再向縣城聚集了，人越來越多，即便是喝粥，我們也撐不了多少天啊！」尚海波沉重地道。

「是啊，大人，縣城不能再來人了，否則糧食會將我們壓垮的。」一眾將領紛紛贊同。

聽到眾人的話，許雲峰不由大急，「諸位大人，不能這樣啊，這些人不來這兒，那便只有活活餓死了，這裡畢竟還有一口活命的粥啊！」

尚海波道：「許大人，你一片拳拳愛民之心，海波欽佩有加，但五萬餘口人，即便是喝粥，一天要多少糧食你知道嗎？為了不餓死人，我們現在一天要消耗百石糧食，以我們手上的存糧，支撐不過一個月，到了十二月便要絕糧了，那時候怎麼辦？」

許雲峰建議道：「將軍，我們可以向州城告急啊，請州城再調撥糧食啊！」

李清諸人對望一眼，苦笑了一下，許雲峰不知內情，當然可以如是說，但他們卻是心知肚明，州城只怕是不會給的。

「許縣令，我看我們暫時不用指望州城了。」

「為什麼？」許雲峰睜大雙眼怒道：「崇縣便不是定州百姓，不是大楚子民了麼？方知州敢坐視我崇縣子民餓死而不救！敢請李參將一事。」

李清看著眼前這個怒目衝冠的傢伙，道：「許大人請講！」

「請大人允我去州城討糧。」

「只怕徒勞無功，再者，現在崇縣可少不了許大人你啊！」

李清這話倒不是矯情，許雲峰現在是崇縣百姓眼裡的青天，活命大老爺，他說一句話，比李清強多了，況且李清等人對民政並不熟悉，許雲峰一去，餘下一個尚海波，便是三頭六臂也忙不過來。

「無妨，現在崇縣已初步穩定，只要有活命糧，百姓便不會鬧事，即便有一二宵小之徒，大人也可輕鬆處理；再者，下官已按鄉、村將百姓分而治之，有鄉老、村老幫著管理，料想也出不了亂子。」許雲峰道：「現在最重要的是糧食，敢請大人借下官一匹馬，下官這便出發去州城。要是方知州不給我糧食，我便一根繩子吊死在他的大堂上。」

許雲峰圓睜雙目，鬍子一翹一翹，氣咻咻地道。

眾人不禁莞爾，這許雲峰倒真是一個敢為民請命的官。

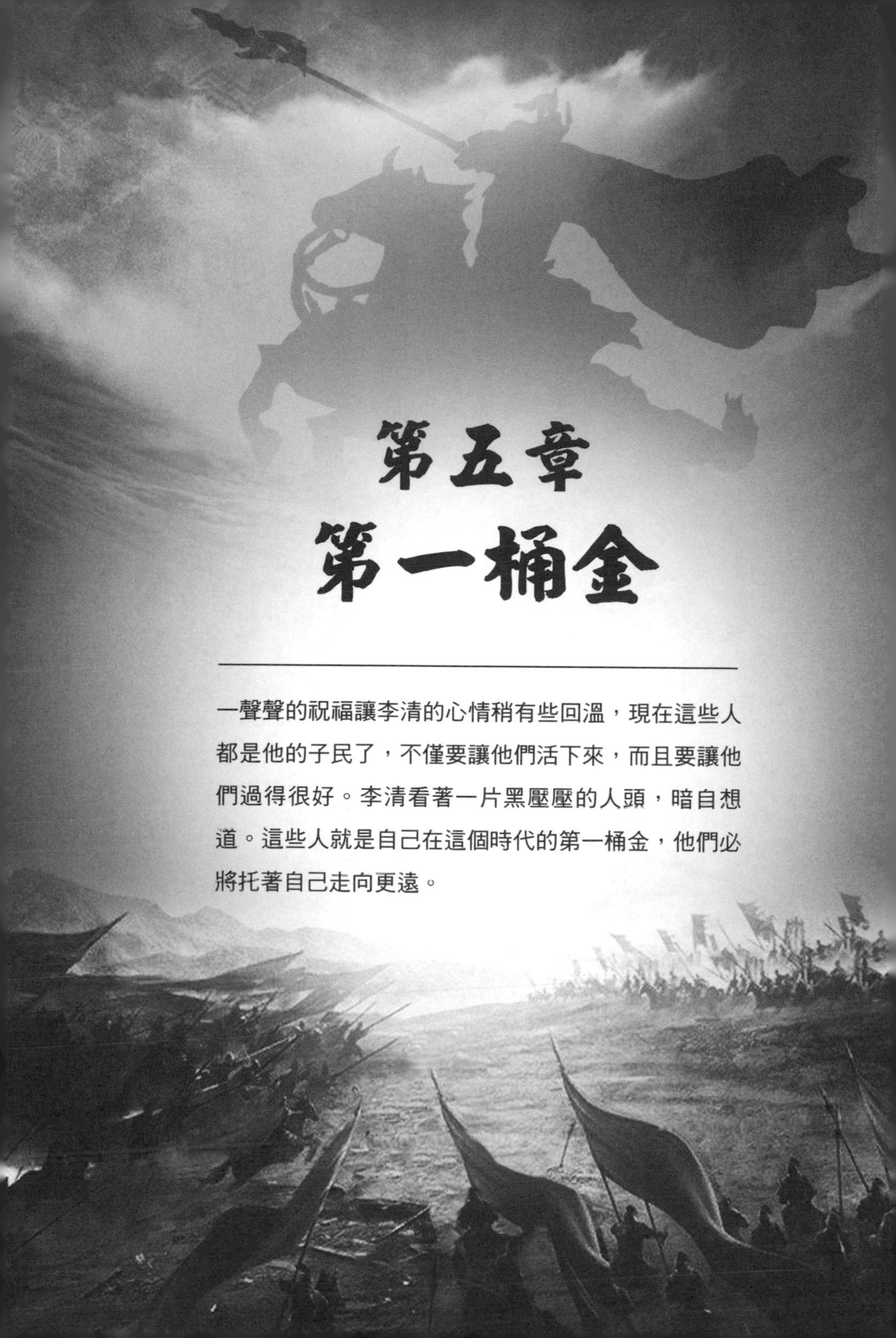

第五章

第一桶金

一聲聲的祝福讓李清的心情稍有些回溫，現在這些人都是他的子民了，不僅要讓他們活下來，而且要讓他們過得很好。李清看著一片黑壓壓的人頭，暗自想道。這些人就是自己在這個時代的第一桶金，他們必將托著自己走向更遠。

李清思忖片刻，讓許雲峰去倒也無甚壞處，如果能討到糧，不論多少都是好的；即便討不到，噁心噁心方文山也不錯。看他的神情，要是方文山不給糧，這傢伙真會拿根繩子在知州大堂上上吊。

當然方文山不可能讓他得逞，否則這逼死下屬的罪就算是坐實了。

「既然許縣令如此有把握，本將當然支持，唐虎，給許大人準備一匹馬，派兩個衛兵陪同前去。」李清吩咐道。

「多謝大人！」許雲峰施了一個禮，昂首而出。

「各位，現在的狀況大家也都看到了，情形實是在壞到了極點，這些正在向縣城聚來的百姓不能擋，讓他們來吧，否則極有可能激起民變，要是衝突起來，對我們實是大大不利的，要知道崇縣不大，這裡的百姓大都沾親帶故，不讓那些人進來，只怕這裡民心也會不穩。」

「可大人，養活這些人已是為難之極，再來一兩萬人，我們怎麼支撐？」王啟年急道：「現在我手下的士兵一天只能吃一頓乾的，都餓得有氣沒力啊！」

李清無奈道：「我知道，這也是沒法子的事，告訴士兵，挺過這一陣子，一切都會好起來。我們現在的當務之急是弄到吃的。」

「尚先生！」

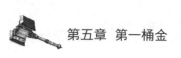

尚海波站了起來。

「你熟悉民政，你下去後號召鄉老村老，將百姓分組，青壯年和婦孺老人分別編制，既然我們靠著山，就要想法子吃山。王啟年，你左翼以哨為單位，每個單位從尚先生那裡領一組青壯，進山打獵。」

「馮國，你手下也以哨為單位，從尚先生那兒領些健壯能幹的婦女和還能做事的老人孩子，不管是去挖老鼠洞也好，掏蛇窩鳥窩，摸松鼠洞也好，還是去找到能吃的野菜什麼的，總之，只要能吃的，都想辦法掏弄回來。」

「是！」兩人大聲應命。

「切記一件事！」李清下令道：「告訴你們的士兵，這裡的每一個人都是我們的百姓，是我們的父老，要是哪個壞了軍紀，我李清認得他，我腰裡的刀可認不得他。」

「大人放心！」兩人凜然領命。

李清在練兵時，就曾反覆告誡過他們軍紀以及軍民關係的重要性，在這個要命的關頭，要是**軍紀不嚴，一支軍隊便很容易變成一幫匪徒**；要是與老百姓鬧僵了，那便成無水之源了。

「所有收穫不准私藏，全部上繳營部，由尚先生統一分配。」李清又交代道。

「姜奎，你也不能閒著，你手下三百人，一天吃兩頓乾的。」

「啊！」眾人都吃了一驚，現在連李清也是一乾一稀，怎麼姜奎的部下可以一天兩乾？

「他們有事要做，沒力氣可不行。」李清看了一眼迷惑不解的眾人，解釋道。「你部從明天起上山砍樹，將樹運回來後，準備建房子！人手如不夠，也去尚先生那裡要。還有不到兩個月的時間便要下第一場雪了，要是在雪前沒有建好房子，那這個冬天可是會凍死人的。」

眾人這才想起這個要命的問題，先前只想著怎麼不餓死人，現在才想到搞不好也是會凍死人的。

「尚先生，你下去後多聽聽那些鄉老村老們的意見，看看他們有什麼辦法可以找到吃的？」李清疲憊地道。

「是大人，我們馬上去辦！」眾人一一退出。

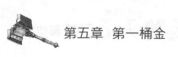

看著空蕩蕩的大帳，李清自嘲道：「當真是一窮二白，百廢待興啊！路先生，我可就指望你早點給我帶糧食回來了，否則這個冬天要我們怎麼過啊！」

今年的冬天來得格外早，剛剛進入十二月便開始了霜降，比往年早了大約半個月，風愈發地淩厲起來，淩晨時分和入夜以後，冷風讓人感到像是能吹入骨髓一般，終日難得見到太陽，尚海波憂心地告訴李清，不出中旬，便會降下天啟十年的第一場雪了。

「先生也懂得氣候陰陽之學？」李清問。

尚海波嘴角牽出一個弧度，笑道：「某讀諸子百家，許多東西都曾涉獵，不過大多不精罷了。」

李清意味深長地看著這個似乎很落拓的中年書生，「先生大才，緣何在壽寧侯府不能得意？」

尚海波自我解嘲道：「何為大才耶？某不習規紀，說話也尖酸刻薄，常使人下不得檯面，壽寧侯心胸算是寬大，尚能容某吃碗閒飯，要是在別的地方，早就被趕跑了。這一次來投將軍，實是沒處吃飯了，某又不習桑梓，肩不能挑，背不能馱，要是去做個啟蒙先生，一是耐不得煩，二是別人也怕我誤人子弟，真可算是百無一用是書生呢！」

李清笑道：「先生說得有趣，我還當自己是個人物，才得先生來投呢，原來只是混口飯吃而已。」

尚海波嘴角的弧度牽得更深，「原本只想混口飯吃，原以為吃不了多久，便要另想門路，現在看來，倒是我錯了，將軍這碗飯雖然不大好吃，卻甚有滋味。」

李清若有所思地看了一眼尚海波：「先生以為路先生如何？」

讓尚海波來評價路一鳴，一來李清想要看看他的心胸，二則想從側面瞭解一下路一鳴的才能。

一路同來，初看路一鳴在壽寧侯府較得重用，但相處日久，李清卻發現尚海波胸中所學實是勝過路一鳴多矣。

「路兄此人！」尚海波抿嘴一笑，「才能是有的，但目光卻淺了些，有些事情看不透，不過據我所知，路兄在內政上算是一把好手。」

「那先生自己呢，你認為你在哪些方面最強？」李清問。

尚海波看著咄咄逼人的李清，神色鄭重起來，「某在細務上不能與路兄相比，但說起大局觀的掌握，大戰略的佈置，某不敢妄自菲薄。」

這番評價，正合李清的想法，「男兒何不帶吳勾，收取關山五十州？先生可有意在我這裡把這碗飯一直吃下去麼？」

尚海波眼中精光驀地一閃，旋即深深地隱藏起來，「固所願也，不敢請爾。」

兩人相視而笑。

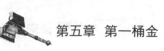

這番話，算是確定了尚海波與路一鳴在常勝營中的位置，**尚主外，路主內**。

「李家可持否？」李清問道。

「短時間可為倚仗，長時間則不可持。」尚海波道。

「大楚可持否？」

「世家當政，皇權衰落，風雨飄搖，一旦有事，必轟然倒塌。」

李清默然片刻，「我當如何？」

尚海波眼皮一翻，「將軍眼下說這些事尚早。」

李清冷哼一聲，「眼下該說些什麼？」

「現下首先要站住腳，**能不能站住腳是將軍的第一步**，否則萬事休提，將軍只能回到李家做一個幫閒；站住了，才能圖謀定州，有了定州，方能放眼天下。」

「那定州可圖否？」李清緊逼不放。

「若將軍過了這一關，定州蕭遠山、方文山不足為慮，三五年內，定州唾手可得。」尚海波面不改色，彷彿攫取定州反掌之間。

「好，這一關本將是過定了，尚先生，你去好好想想，我們怎樣謀得定州吧！不過，我想最多只能用三年時間，否則便晚了。我去棚戶區轉一轉。」

不等尚海波回答，李清便招呼等在不遠處的唐虎和楊一刀，大步離開了。

看著李清的身影，尚海波細長的眼睛微微瞇縫了起來。

「**果然不是甘心寄人籬下之輩**，李氏想當然認為他必為李氏效力，卻是錯了！不過於我又有什麼關係呢，這樣不是更好嗎，那些老牌世家的嘴臉我卻是看夠了。不過，**為什麼必須在三年之內呢**，難道三年他便有信心獲得足夠的力量麼？」

百思不得其解，不過今日一習談話，算是確定了自己在常勝營中的首席謀士的位置，自己想要有所作為，當然要盡心竭力地為李清謀劃。

尚海波深知自己的性格缺陷，像自己這種人，就算有才，也難讓那些老牌世家們所容忍，只有李清這種新崛起，急需人才，心胸又寬廣的人方可用之。

自己蹉跎十數年，終於找到一個能伸展抱負的所在，自然要好好珍惜。雖然這個起點太低了點，但觀李清此人，眼下雖龍困淺灘，但假以時日，必會一飛沖天，那時便是自己伸張抱負的時刻了。

尚海波想些什麼，李清並不知道，不過他心裡也開心得很，尚海波是個人才，而且是自己想要的那種人才，不僅對全國大勢瞭若指掌，更胸有溝壑，這樣的人，**只要給他一個平臺，他便會不鳴則已，一鳴驚人**。

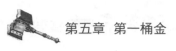

真是奇怪，這樣的人為何在李氏得不到重用？難道老牌世家的人才底蘊如此之厚？

李清搖搖頭，即便是路一鳴，真若尚海波所言，那自己也是很需要的，但路一鳴與尚海波大不一樣，他對李氏看來還忠心得很，怎麼想個法子將他完全拉過來才好！

至於度過這次難關後，三年吞併定州，李清倒是很有信心，老子腦子裡還有很多東西是你們這個時代再傑出的人才也想不出來的，憑著這些，謀一個小小的定州有什麼難度！倒是眼前這一關讓李清感到困難之極。

不知不覺已到了棚戶區，李清本來開心的心情隨著深入棚戶區而一點點的消磨，變得前所未有的沉重起來。

他腦子裡翻來覆去想的都是這個問題，**糧食，糧食！**

棚戶區的難民們發現李清的到來，無數的人從低矮的窩棚中跑了出來，跪倒在地，仰頭看著這個將他們從餓死邊緣中拯救回來的年輕將軍。

「將軍公侯萬代！」

「將軍長命百歲！」

一聲聲的祝福讓李清的心情稍有些回溫，現在這些人都是他的子民了，不僅要讓他們活下來，而且要讓他們過得很好。

李清看著一片黑壓壓的人頭，暗自想道。**這些人就是自己在這個時代的第一桶金，他們也必將托著自己走向更高、更遠。**

王啟年與馮國的效率很高，但引發的後果，便是讓崇縣縣城附近世代居於此地的生物們幾近絕跡，不論是小到田鼠，還是大到山中霸王老虎，都只有兩條路可走，一條是躺下，成為常勝營即將的食物；另一條路便是趁著這些殺神們還沒有找到自己時，有多遠逃多遠。

連高飛在空中的鳥兒，只要一不小心飛得低了，鐵定下邊便有無數利箭嗖嗖的飛來，於是這些悲劇的鳥雀們便滿懷著不甘與憤怒，一頭栽下地來，成了今晚的加菜。

所有獵得的食品迅速被女人們剝皮醃製，一件件地掛在營裡，一時間，整個營裡一片血腥味，但所有人的臉上都有著興奮的神色。

附近已沒有什麼獵物好打，王啟年決定擴大範圍，向更遠的深山進發。

就在王啟年四處大造殺孽的時候，姜奎的部下已伐倒了大批的樹木，吆喝著抬回營地。

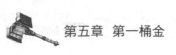

一天兩乾讓這些漢子們迅速地恢復了氣力，特別是看到參將李清大人也是每天一稀一乾，這些質樸的漢子們更是不惜力氣，數天之後，營地裡粗大的圓木已是堆積如山。

這邊尚海波將崇縣百姓中會木工活的人都集中起來，再配上一批精壯漢子，任務只有一個，更快更多地搭建房屋，美觀好看顧不上，只有一個要求，那便是結實，能避風雨，待入冬之後不會被大雪壓垮。是以很多房子被搭起來後，上面的枝枝丫丫都沒有削去，竟然還頑強地伸展著一枝綠色，倒是原生態十足。

整個營地是一片沸騰，年輕力壯的漢子們忙得腳不點地，老弱婦孺們也沒閒著，大批的婦女被編入伙頭營，負責全營的伙食。老人們幹不了重活，但簡單的工作還是能做的。

天氣是一天比一天冷，大夥幹活的熱情卻是一天比一天高，所有人都明白，在今年的第一場大雪來臨之前，如果不做好一切準備工作，那是會凍死人的。

就在所有人都忙得不可開交的時候，李清卻是無事可做，他每天做的事，便是站在山坡上眺望崇縣唯一通向外地的那條破爛的道路，心裡想著：路一鳴啊路一鳴，你什麼時候才能帶著糧食回來呢？

路一鳴還沒有回來，那位懷揣著風蕭蕭兮易水寒，壯士一去兮不復返、心思奔向定州討糧的強項縣令許雲峰卻回來了，帶著十數輛牛車，幾十名兵丁，和一臉的憤怒和不甘。

「大人，許某有負所託，僅僅討回來千石糧食。」許雲峰一臉的慚愧，長揖在地，久久不肯起身。

雖然只有十數車千石糧食，已讓李清驚喜不已。要知道，他現在可是連松鼠窩裡的一點乾果也要搜括，順便連松鼠也幹掉的傢伙，看到有千石糧食，哪有不兩眼放光的道理。

「快快請起，許大人果然厲害，討得這許多糧食來，這可讓我們又能度過好一段時光啊！」

李清容光煥發，千石糧食，如果節省點用，基本上可以夠小一個月吃用了。

「來人啊，給許大人倒碗水來！」看著風塵僕僕的許雲峰，李清很是心疼。結果喊了數聲嗓子，都沒有人應聲，這才想起手邊的親兵都被打發出去了，於是李清親自動手，為許雲峰倒了碗水，把許水峰感激得淚水盈眶。誇了口出去，結果只有這點斬獲，讓他慚愧不已，但看李清的模樣，顯然是從心底裡歡喜。

「許大人回來得好，現在崇縣百廢待興，正缺人手，你回來，我便放心了。不過許大人可不能想著休息，吃過飯，歇歇便要去做事的。」李清諄諄道。

許雲峰一口喝光碗裡的水，道：「下官當然要去做事，大人大才，剛剛一路行來，崇縣已是變了番樣子，不再是那副死氣沉沉的模樣，人人都是虎虎有神，有這等心態，我崇縣重建指日可待，現在下官已等不及要去做事了。」

李清大悅，「好，好，你去尋尚先生，接手他的工作。」

李清簽收了那十幾輛牛車的糧食，打發走押運糧食的兵丁，那十幾輛車卻是老實不客氣地扣了下來。十幾頭牛啊，現在可以幹活，沒糧食吃了還可以殺了吃肉，怎麼能放回去?!

說話間，已到了吃飯時間，李清叫人弄來幾碗稀粥，就著一碟鹹菜，與許雲峰兩人對案而座，大口喝粥，咯吱咯吱地嚼著鹹菜，邊與他說著這些日子裡發生的趣事。

許雲峰也是餓得很了，兩碗粥只聽稀裡嘩啦一陣響便全數下了肚。放下碗，看著對面的李清，許雲峰心中暗自稱異，聽聞這李清乃是李氏之子，父親是威遠侯，但看他平時姿態，竟絲毫沒有世家貴胄子弟的樣子。

他是平民出身的官員，對這些貴胄子弟的強橫和窮奢自是司空見慣，心中以為**天下烏鴉一般黑**，**陡地看見一個異類**，**不禁稱奇**。

「看來傳聞中這位李參將的身世是不錯的了，十五歲就敢離家出走從軍，從一個大頭兵混起，走到今天參將的位子，雖然是因緣際會，能榮升參將也的確是沾了李氏的光，但這個人卻是有真本事的，與大多世家子弟大不一樣。」許雲峰暗自評價道。

在官場，熟悉上官的喜好，是一項不得不修的功課，許雲峰雖然強項，卻也不能脫俗，更何況李清現在是他的頂頭上司，眼下看來，這個年輕的參將喜歡務實能做事的手下，對於媚俗、光長嘴巴不長手的傢伙卻是深惡痛絕。

這讓許雲峰很是歡喜，這正是自己朝思暮想的那類上司啊，看來自己是時來運轉了，做了十多年的縣尉，眼見升遷無望，眨眼間，老母雞變鴨，自己便成了縣令，如果以後李清能更上一步的話，自己未必不會有更好的前程。

他眼灼灼地看著對面的李清，正用力咬著鹹菜的李清覺得有些不對，詫異地抬起頭，看著對面那火熱的目光，頓時嚇了一跳。

這是什麼意思，**莫非這許雲峰有什麼特殊的癖好**?!摸摸自己的臉，心道：就算他有什麼不良嗜好，也不敢將主意打到自己這個上司頭上吧？

許雲峰自是不知李清腦子裡正轉著的念頭，仍沉浸在自己的想法中，年輕，有後臺，務實，有衝勁，真正是前途一片明亮啊，**只要跟對了人，還怕以後的前程麼**?!

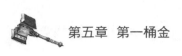

不論許雲峰如何清廉，如何敢為民請命，能在官場上步步高升，手裡有更多的權力能為老百姓做事，是他一直以來的夢想，眼見長久以來的夢想之門向自己裂開了一條小縫，焉能不喜?!

李清越看對方越發毛，正想尋個由頭將這個兩眼放光的傢伙打發出去，外面卻傳來一陣喧嘩聲。

「將軍，將軍！」是唐虎的聲音。

「出了什麼事？」李清心一沉，霍地站了起來。

他打發唐虎去跟著王啟年在外捕殺獵物，怎地回來了？

許雲峰也回過神來，兩人對視一眼，來不及說話，唐虎已是一頭竄了進來。

「將軍，王大人部下一哨兵佐在山中遇到土匪襲擊，十數人死傷！」唐虎急急地道。

李清面色沉如鍋底，當真是屋漏偏逢連夜雨，行船又遇頂頭風，蠻兵過境所造成的打擊還沒有恢復過來，管轄的境內又出現了土匪，當真讓人頭疼不已。

「傷亡怎麼樣？」

「回大人，起頭一哨士兵猝不及防，死了三個，傷了十數人，餘者被擊潰，等王大人率人趕到時，這夥土匪掠了士兵的盔甲後便逃了，王大人已率人追了下去，派我回來稟告大人，以後的情況我便不知道了。」唐虎道。

「崇縣境內有很多土匪？」李清問許雲峰。

許雲峰臉色也有些難看，他是崇縣原縣尉，境內有土匪自與他脫不開關係。

「大人，崇縣多山，貧苦，是以占山為王的土匪不少，山高林密，剿除不易，人少了，往往被土匪所趁，人多了，土匪們往林子裡一鑽，官兵也莫可奈何，是以多年來崇縣的匪患從未絕過。」

「那今天這股土匪是哪裡的？頭領叫什麼？」李清問。

唐虎與許雲峰二人都是搖頭。

「大人，崇縣多山，土匪少說也有十幾窩，說不準是誰。」許雲峰道。

李清嘆了口氣，看來只有等王啟年回來後才能知曉個大概。王啟年帶出去打獵的隊伍，精悍士卒有數百，再加上上千青壯，收拾幾個土匪料想不是什麼難事。

帳內一時間冷清下來，眾人臉色都極是難看，剛剛得了千石糧石的喜悅也被這個壞消息沖得點滴無存。

黃昏時分，王啟年回來了，鐵青著臉，隊伍裡一溜用繩索捆了一二十個漢子，料想便是那些劫掠的土匪了。

當李清看到用擔架抬著的傷兵和死難的人，心情一下子惡劣到了極點，竟然損失了快五十人，當場死亡的便有十餘人，其餘的輕重傷不等。總之，這些人在這個冬天算是報廢了，不但不能做事，反而要分出一部分人來照顧他們。

好在恆秋在軍中，傷兵營也未雨綢繆地建了起來，起初李清不過是按照常規建起傷兵營，卻萬萬想不到這麼快就用上了。

「傷兵們送到恆大夫那裡去，死者打副棺材，好好地埋了。」李清沉著臉吩咐完，轉身便進了帳內。王啟年低著頭跟了進去。

帳內，尚海波，許雲峰，馮國，姜奎都在。

「你說說是怎麼回事？」

「大人，土匪襲擊時，目標很明顯，先是打擊這一隊的士兵，在猝不及防下，士兵死了三個，傷了十數人，其餘的青壯被嚇到了，一哄而散，這夥土匪剝去士兵的衣甲，搶走兵器。我得報後，集合士兵追趕，但那夥土匪甚是狡猾，一直沒能將他們全數圍殲，反而在叢林中讓他們又傷了許多人，最後好不容易抓了幾個活口，問明他們的老窩，我便揮兵攻佔了他們的老巢，捉了這數十人來，但那匪首見機得早，早已溜得蹤影不見。」

王啟年跪在地上，一臉慚色，他手下擁有五百多精銳士卒，圍剿數十名土匪，居然傷亡如此之高，不說他自己慚愧，便連李清也感到很是不可思議。

自己倚仗的幾員大將，雖然個人武力不弱，但先前不過是普通士兵，更沒有接受什麼系統的教育，突然指揮起大股軍隊，顯然能力跟不上去，眼下還看不出來，但日子一久便現弊端。想到這裡，不由臉現憂色，抬眼卻見尚海波正看向自己，眼中神色顯然也是想到了這個問題。

這個問題必須要解決。李清想道，自己想立即擁有有經驗的部將顯然是不切實際的，只能在現有部屬中挖掘有潛力者，好在近期不會打仗，還有時間來訓練，此刻正好借剿匪來訓練一下手下行軍打仗的能力。

「襲擊你們的土匪是哪夥人，可問清楚了？」

李清沒有發話，王啟年不敢起來，仍跪在那裡道：「問出來了，叫什麼過山風！」

「過山風？」一邊的許雲峰驚呼起來。

「怎麼，這個過山風很有名麼？」李清問。

許雲峰點點頭：「過山風盤踞在崇縣有好幾個年頭了，倒不是說他最凶殘，而是此人最是神出鬼沒，往往官兵一到，他便沒了影子，但官兵還沒有走遠，他又冒了出來，經常還劫掠官兵的後隊，是以在崇縣土匪之中很有威望。」

李清點點頭，管你有沒有威望，惹了我，便要你寢食難安。

「那過山風逃到哪裡去了？」

王啟年道：「大人，我們一路急追，那過山風一路向西，逃到了一片沼澤之中，我們跟過去，一不小心便陷進去數人，要不是救援及時，這些人便沒命了。」

「他們逃去了雞鳴澤？」許雲峰驚訝地道：「那可是一片死地，沒有人進了雞鳴澤還能活著出來的，過山風是崇縣積年老匪，怎麼會跑去雞鳴澤？」

「雞鳴澤是怎麼回事？」李清不解。

「大人，雞鳴澤長寬各有數十里，澤內遍佈陷阱，別說是人，便是牲畜進去，也會掉進陷坑，我崇縣說是不與蠻族接壤，實是拜了這雞鳴澤所賜，雞鳴澤的另一端便是蠻族領地，但因為有雞鳴澤之故，蠻兵便不能從這裡攻打我們崇縣，而其他地方崇山峻嶺，險峻異常，人亦難通行，是以崇縣一直以來沒有遭過寇災，要不是這次大敗……」許雲峰接下話頭。

「那這過山風為什麼逃去這裡？」李清不禁問道。

「想是被王校尉追得急了！慌不擇路。」許雲峰猜測。

王啟年抬頭：「不對，雞鳴澤中有路。」

眾人皆為之一驚。

許雲峰道：「這怎麼可能，便是在崇縣數代居住的人，也知道雞鳴澤內根本不能行走。」

李清與尚海波想的則是另外一件事，如果雞鳴澤真的有路，那蠻族豈不是隨時可以襲擊崇縣？兩人的目光都轉向王啟年：「王啟年，為什麼這麼說，這可是大事，不能兒戲。」

王啟年道：「大人，末將知道。末將追那過山風到雞鳴澤時，那些人毫不猶豫地便進了雞鳴澤，一路去遠，末將的人被陷進去後，這些土匪還遠遠地叫罵，顯然他們是熟門熟路。看來他們經常出入雞鳴澤，**那裡面一定有我們不知道的一條路。**」

李清與尚海波都是變了顏色，「你起來吧！」

「謝大人。」

「今日在帳內所議之事，屬絕對機密，任何人不得洩露。」李清正色道。

「屬下省得！」眾人齊聲道。

「馮國，你率手下精銳去雞鳴澤外守著，不管是十天半月還是更久，務必要生擒活捉這個過山風。」李清吩咐。

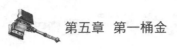

「末將明白。」馮國抱拳領命。

窩在雞鳴澤裡的過山風很是鬱悶，縱橫崇縣數年，何曾吃過這麼大的虧！數十個弟兄折損大部，跟在身邊的只剩十來餘人了，連老窩都被人剿了，真不知道這個冬天怎麼熬過去。

「李二麻子，你個王八蛋，老子就說不能搶，你卻說定然沒事，結果老子被趕小雞一樣趕到了這裡，還陷了幾十個弟兄！」過山風罵道，臉上一道寸來長的刀疤泛著紅色，隱隱跳動著。

「老大！」被過山風點名大罵的李二麻子哭喪著臉靠了過來。因為一臉的麻子，又在家裡排行老二，便一直被人稱作李二麻子，「誰想到這些官兵像被踩了尾巴的貓一般窮追不捨！以往官兵不是這樣啊。」

「我操你X！」過山風猛的一伸手拎起李二麻子。

過山風身高臂長，起碼有一米九以上，將僅僅五尺有餘的李二麻子懸空拎了起來，「一下子便弄死了他們好幾個，能不急嗎？現在幾十個弟兄落在他們手裡，還能活嗎？」

李二麻子手舞足蹈，「老大，老大，放我下來，小心些，這裡可不是山寨，不能隨便亂扔啊，萬一將我扔進了泡子裡，那老大就又要少一個弟兄了。」

過山風又好氣又好笑，將他狠狠地頓在地下。

雖說幾十個弟兄落到了官兵手中有些傷心，但他不以為意，畢竟大家都是當土匪的，幹上這行的那天起就沒想過好死，這些年，也不知有多少弟兄或死於官府，或死於匪寨內訌，對生死早已看淡了，崇縣窮，很容易便能招到新的兄弟入夥。

「該怎麼過這個冬天呢？」過山風在心裡盤算著。

蠻兵入寇，將崇縣搶得一乾二淨，啥也沒給他們留下，殘餘的百姓現在都聚集到了縣城附近。

「可惡的蠻族，當真是殺人絕戶啊，搜得一乾二淨，這讓我們怎麼活啊？」

「老大！」李二麻子湊了過來。

「有屁快放！」過山風不耐地道。

「不如我們到對面去吧！」李二麻子一指雞鳴澤對面，獻計道：「那裡剛搶了我們，想必油水足得很，換我們去搶他們。」

過山風大怒，劈面就是一巴掌，「你這個不長腦袋的夯貨，對面是誰，是他媽的蠻族！什麼是蠻族，你知道不知道？」

李二麻子被打麻了，看著老大，癡癡呆呆地點點頭。

「蠻族個個上馬便是兵，下馬便是民，叫老子去搶他們，你兩條腿去跟四個蹄子玩命，搶到了也跑不贏，老子還不想被他們掠去當奴隸！」過山風一頓大罵。

「那老大，我們去那裡呢，又不能老待在這雞鳴澤裡。」李二麻子問。

過山風長吁了口氣，這雞鳴澤是所有人眼中的死地，但對他而言，卻是一塊福地。因為機緣巧合，他不小心知道了通過雞鳴澤的唯一的一條生路，這些年，他多次借這個地方躲過了官兵的圍剿。

這是他一個人的秘密，便是心腹李二麻子，若是沒有他引路，走不出十里地，便會沉到沼澤裡去。

「這兩天先在這裡，那些狗官兵肯定用不了幾天便會撤走，到時我們再回去。」

過山風拔了根草，在嘴裡嚼著。與官兵打了多年交道的他，深知官兵的作風，沒有哪支兵能在山裡熬上幾天的。

「到時扯起旗子，崇縣現在鳥毛都沒有，很容易便能拉起一票弟兄，這裡不能混了，我們翻山去復州去。」

「老大英明！」李二痲子嘿嘿笑著，殷勤地在附近找來幾根甜草，胡亂在身上擦了擦，遞給過山風。

但這一次過山風卻失算了，馮國領了命令後，便選了四五十個精悍士卒趕到雞鳴澤外。好在曉得那條不為人知的路便在這附近，否則幾十里寬的雞鳴澤，想要逮著比泥鰍還滑的過山風還真不是件容易事。

馮國原就是幹過綁匪勾當的，設套挖坑埋陷阱是門兒清，手下一批人也不乏好手，一行人趕到雞鳴澤，便在過山風必經的路上一層層設下陷阱，然後抹去痕跡，悄無聲息地藏身起來，便等著過山風來咬鉤了。

也是過山風太過大意，也不派人探哨，在雞鳴澤藏了四五天，料想官兵已是走遠了，便大搖大擺，一行十餘人有說有笑地從雞鳴澤裡走了出來，看得遠處的馮國咬牙切齒，卻又暗暗歡喜。

「過山風名頭恁大，比起老子以前的老大卻差遠了，這下好，老子十個指頭捏田螺，十拿九穩了。」在山裡吹了四五天山風的馮國得意非凡。

老子這風不是白吹的，媽的，好冷的刀子風！雖然將自己裹得結實，每到夜裡，冷風還是將馮國凍得直哆嗦，又不敢點火，怕打草驚蛇。

渾然不知大難臨頭的過山風一夥，談笑間踏入了陷阱，兩個走在最前面的傢伙嗖的一聲便飛上了天，在過山風等人驚愕的目光下，被頭上腳下地倒吊在樹上。

「操，有埋伏！」

過山風一聲大叫，反應甚快的剩餘盜夥立即四散分開，跳入一邊的山林，但緊跟著便是慘叫聲連連傳來，跳到兩邊的幾個，哧地一聲便掉進早已挖好的坑裡，坑裡倒插的矛尖可不是吃素的，雖說為了抓活的，沒有放太長的，但將腳板插個對穿絲毫沒有問題。

過山風呆了不到幾秒，猛的轉身向來路跑去。反應只遲片刻的李二麻子毫不遲疑緊跟著老大衝向不遠處的雞鳴澤。

但馮國守了這許多天，豈會讓他溜走，一張大網將兩個急速向前的人逮了個正著，兩人一下子翻倒在地，不掙扎還好，一掙扎，反倒越纏越緊。

兩邊的林中一陣狂笑傳來，幾十個全副武裝的士兵跳了出來。

馮國笑嘻嘻地走到被捆得粽子般躺在地上的過山風面前，搖頭道：「哎呀，過老大，你太不小心了，真是丟臉啊！丟了我們綁匪的臉啊！」

不是官兵？過山風看著一身武裝的馮國，有些迷糊。也有些驚喜，只要不是官兵便有路子。

「敢問老大混哪個山頭的？小弟過山風。不知哪裡得罪了老大？」

馮國大笑，「混你媽個頭，老子早從良了，現在是定州軍常勝營李將軍手下的振武校尉，你小子有種，連李將軍的部下也敢動手，就等著被點天燈吧！」

過山風臉色慘白，與他捆成一堆的李二麻子更是嚇得直道：「老大，這一回聽我的就好了，哪怕是被逮去做奴隸，也比點天燈強啊！這位長官，能不能給個痛快，不要點天燈？」

「呸！」馮國啐了他一臉的唾沫星子，「還想要個痛快啊？得，我做主，換割你三千六百刀怎麼樣！」

李二麻子打了個寒噤，「官大哥，能不能再換一個？」

馮國大笑起來，這傢伙倒也有趣，不怕死，卻怕受苦。

「弟兄們，收兵回營，給李大人報喜，這過山風我們給大人全鬚全尾的逮住了，沒少一根毫毛！」馮國站在路上，豪氣干雲。

這一次王啟年吃了個憋，自己卻是揚眉吐氣了。下一次招兵，自己就能理直氣壯地多要一些了。

「點名要活捉自己？」饒是過山風膽大包天不怕死，此時也不由有些膽戰心驚，「不知這一回要遭什麼罪，看來想要痛快死都難了，還不如自己求個痛快。」

剛動了這個心機，過山風正待咬舌自盡，馮國卻已瞧出了端倪，一刀鞘便敲在他頭上，直接敲昏了事。

「切，想玩這招，老子的功勞不就沒了?!想都別想，弟兄們，將這些土匪的嘴都給我堵上。」

士兵們胡亂從地上扯起一團團的野草，捏開這些人的嘴，硬生生地塞了進去。

第六章
安骨部落

十二月一日，慕蘭節。安骨部落早早地就進入到節日的氣氛當中，老尊長完顏不魯奉大可汗之召去龍城，安骨部落的慕蘭節便由完顏不魯的大兒子完顏不花主持。這也是完顏不花第一次主持如此大的節日，他想一定要將這場盛大的節日辦好。

馮國將過山風押回營地，立時引起了轟動，崇縣很少有人沒聽過過山風大名的，眼見他被馮校尉捆粽子一樣地帶了回來，都跑來看熱鬧。

「這便是過山風？」

「瞧那兇樣兒，怪不得縱橫崇縣這麼多年啊！」

「是厲害，不過李將軍更厲害，看見了麼，李將軍隨便派個手下，使將他生擒活捉回來了。」

眾人議論紛紛。

馮國昂首挺首，滿面春風。

得到消息的王啟年趕了過來，看到過山風，眼睛便紅了，舉起缽大的拳頭，迎頭便要砸下去，馮國慌忙攔住，阻止道：

「老王，你可別，讓你一拳砸壞了，我怎麼向將軍交差！你想揍他還不容易麼，現在這小子便是砧板上的一條魚，啥時不能揍，等我交了令，你想揍再來。」邊說邊指揮士兵押著過山風走向李清的大帳。

過山風此時也認出了這個大鬍子校尉，便是那天追得自己上天無路，入地無門，不得不逃入雞鳴澤的傢伙，不由臉若死灰。

自己可是殺了他不少手下，這下落在他手裡算是完了，但眼下被捆得粽子一般，連嘴裡也被塞進了一大團乾草，當真是求生不得，求死不能。

看到馮國阻攔，王啟年亦步亦趨地跟著馮國走向李清的大帳，直等馮國交令，便要狠揍這個王八犢子。

走進李清的大帳時，李清正和尚海波與許雲峰商量事情，李清準備將崇縣殘餘的所有人分營，全部納入常勝營直轄，許雲峰卻不同意，認為這不合體制。

「許大人，眼下不是平常，這許多人如果不分營，各盡其責的話，很難活下去。」李清耐心地解釋。「而且，如果這些人不納入常勝營軍制內，我有什麼理由養活他們呢，理論上應當是這些人養活我常勝營才對吧？」

說了半天，也沒有說服許雲峰的李清有些失去了耐心，拿出殺手鐧威脅。

許雲峰脹紅了臉，別說養活常勝營了，這些百姓連活下去都很難。

「許大人，這也是李將軍的權宜之計，不如此，難以提高效率，眼下我們是同船共渡，一個不好，便有翻船的危險，到時我們誰也逃不了。」

尚海波與李清商量很久，才拿出這個方案，但這個方案如果沒有在崇縣威望甚高的許雲峰的同意，便很難實現。

「可是按照這個方案，崇縣所有的青壯都被編進了軍營，那明年春耕之時何來勞力？這些家庭失去了勞動力，頂梁柱，又如何生存？」許雲峰反問。

「許大人，這些人雖被編進軍營，但還不是實際意義上的兵，只是為了便於管理。眼下崇縣殘破，許多家庭只剩下老弱，將這些青壯編成組，便可以根據需要調配人手，讓所有家庭都可以按時春耕，如此才能確保明年我崇縣能自食其力。」

「那將老弱婦孺編成營又是什麼意思，他們能做什麼？」

李清加強語氣道：「許大人，眼下崇縣如此境地，當然要人盡其責，也就是說，不能有人吃閒飯！老弱婦孺自然也有很多事情做，比如現在我們正在做的，將他們編成營，系統的管理，這樣可以提高他們的勞動效率。而且編成營後，他們都將成為常勝營的後勤人員，常勝營將提供他們食物和一切日常用品。」

許雲峰雖知李清說得有理，但如果真這樣編下來，崇縣便會成為一個大軍營，每個人都是軍營裡的一分子，那自己這個知縣還有什麼用？

「此事就這麼定了！」李清拍板道：「許大人，你和尚先生就去辦這事，越快越好，等路先生回來，有了糧食，我們這個冬天還有許多事情要做。」

打發走二人，李清這才回過頭來，馮國和王啟年已是等了一段時間。

只見王啟年扭來扭去，似乎一肚子的話要說，而馮國滿面春風，像隻驕傲的孔雀，只差開屏了。

李清掃了眼跪在大帳當中，臉若死灰的過山風，讚許道：「好，辦得不錯，你們先下去。」

二人不明所以，特別是期待被大力表揚的馮國，特意說道：「大人，這傢伙便是過山風，我給大人帶來了，一根毫毛也不少。」

李清微微一笑，「我知道，所以說你辦得不錯，先下去吧。」一抬手，制止了想要說話的王啟年。二人只得訕訕退下。

帳裡只剩下李清和兩名親衛，過山風低著頭，跪在地上。李清上下的打量著他，也不說話，接過唐虎遞過來的茶，慢條斯理地喝著。

僵持片刻，過山風心下恐懼，受不了這寂靜，抬起頭，正好迎上李清的目光，看到這個年輕的將軍，過山風不由一愣，這個讓自己栽了個大跟頭的將軍，居然如此年輕，看年紀，只怕還不到二十歲吧。

李清坐在那裡，居高臨下地看著過山風，心裡也讚道：好一條大漢！過山風將近一米九的身高，在這個時代的確可以算是一個巨人了。

對視片刻，李清淡淡地道：「過山風？」

正想著心事的過山風下意識地應道：「是。」

剛一出口便後悔了，反正自己已是死到臨頭，何必再丟人現眼，乾脆一點，也不枉這些年闖出來的名頭，當下頭一挺，大聲道：「落在你手裡，也沒什麼好說的，但求速死。」

李清不以為意，螻蟻尚且貪生，何況人乎？這過山風以為自己必死，這才做出這番派頭，倘若他知道可以不死，不知會是什麼表情。

「你數十名手下與我數百士兵對壘，居然不落下風，還能傷我數十軍士，很不錯啊。」李清大讚道。

「那便怎樣？」過山風破罐破摔，昂著頭道：「你的那些兵窩囊得緊，收拾他們再容易不過了！」

聽到過山風的話，唐虎和楊一刀都是大怒，嗆啷一聲便抽出刀來。過山風卻是一喜，被一刀砍了倒也爽快，要是真被弄去點天燈，那可真是生不如死。

「是麼？」李清冷笑一聲：「那你怎麼會在這裡？」

「那是他們暗設詭計，老子才會上當被擒。」過山風忿忿地道。

李清哈哈一笑，「正面對壘，你被王校尉趕得跟兔子似的；玩心眼，你又玩不過馮校尉，還有什麼不服氣的？」

「呸！」過山風啐了一口，「正面對壘，那大鬍子幾百人，老子幾十個，玩得過他麼？要是老子也有幾百人，早滅了他了。」

「老子先滅了你！」帳門一掀，一臉通紅的王啟年闖了進來。

他一直不死心地待在帳外，等著機會要收拾過山風，聽到過山風大放厥詞，再也忍耐不住，也不管什麼軍令條例，一頭便衝了進來。

李清眉頭一皺，想了想，又舒展開來，笑道：「好啊，王校尉來得正好，這過山風如此囂張，你正好來教訓他一下。來人，給這個囂張的山匪鬆綁，讓他看看我軍中兒郎的手采。」

王啟年一手好拳腳，堪稱常勝營第一勇士，與過山風對壘，倒不虞有什麼風險。

楊一刀虎著臉走上前去，嗆的一聲響，拔出刀來，刀光一閃，逕自劈了下去，將過山風嚇了一大跳，正以為自己便這樣交代了，卻不想雙手一鬆，原來楊一刀這一刀下來，剛剛好將捆著他的麻繩一斬兩斷，卻絲毫沒有傷他分毫，這種刀法，讓過山風頓時打了個突。

這邊王啟年一看過山風已是得了自由，立時便哇哇大叫著撲了上來，「狗娘養的山匪，老子活切了你！」

唐虎一個躍身，已擋在了大帳前，免得過山風趁亂逃跑，楊一刀手持腰刀，站在李清一側，衛護著李清。李清笑容滿面地靠在椅背上，看這兩條大漢搏鬥。

王啟年也是一米八幾的大漢，與這過山風正是一對對手，他打算趁此機會將過山風收入囊中，令他折服更好。

衝到過山風跟前的王啟年，劈頭便是一拳打向過山風的面門，他心中是恨透了這個王八蛋，過山風看到這個將他趕進雞鳴澤的大鬍子也是分外眼紅，橫臂一架，另一拳已是泰山壓頂般地打了下來。

他個頭比王啟年高了幾分，稍稍占了便宜。

王啟年久習拳腳，手上功夫甚是了得，向前一個大跨步，欺到過山風身側，左手一扭，側頭避開頭頂這一拳，右手已是扳住過山風的胯下，與此同時，一拳擊空的過山風兩手同時落下，扳住王啟年的腰，兩人同時吐氣開聲，嘿哈兩聲，卻是誰也沒有扳動誰，一時僵在那裡。

兩人交手，電光火石般便糾纏在一起，李清看得眉飛色舞，這過山風還真不是一般的驃悍，居然可以與王啟年抗衡，要是換作自己，只怕三兩下便讓對方擺平了。

僵持不下的二人片刻間便已汗流滿面，這時沒什麼技巧可言了，誰先卩慫便會被放倒，兩人咬牙堅持。

相持片刻，過山風畢竟被捆了大半天，筋脈不順，漸漸便支持不住，王啟年卻是養精蓄銳，一發現對方力弱，頓時聲勢大漲，一聲大喝，便將過山風偌大的個頭扳得懸了空，一個重重的抱摔，將過山風狠狠地砸在地上。

這一下直將過山風跌得七葷八素，眼前星星亂冒，手忙腳亂地想要爬起來，卻被王啟年重重地一腳踢在腰眼上，立時縮成了一團，疼得冷汗直冒。

「夠了！」李清大喝道：「啟年，退後！」

王啟年一臉不甘地退到了一邊，一雙牛眼兀自瞪著對方，直欲擇人而噬。

半晌，過山風才爬了起來。

「如何？正面對壘又怎樣？」李清揶揄道。

過山風滿心的不服氣，想要辯解，一想眼下自己的處境，不由得垂頭喪氣。奶奶的，和官兵對陣還想講公平?!不過憑良心講，這個大鬍子功夫著實不錯，沒什麼花招，招招勢大力沉，即便自己狀態十足，也沒有取勝把握。而且看那個將軍的意思，似乎並不想要自己的命。

「將軍手下人才濟濟，我服了。」過山風低聲道。

「嘿，服了便好！」李清一拍桌子，「過山風，你為匪多年，滋擾鄉里，殺人掠貨，又襲殺官兵，可謂罪大惡極，你知道自己是什麼下場麼？」

過山風身子一抖，原本的一點求生想法在李清的一聲大喝中被擊得粉碎，兩手一攤道：「只求速死！」便閉上了眼睛。

李清嘿嘿一笑：「只求速死？難道就不想活麼？」

過山風霍地抬起頭，看著李清似笑非笑的神情，原本就動搖的意志一下子被擊得粉碎。

李清三言兩語便讓他**從天下掉到地獄，又從地獄回到人間**，七上八下，當真欲仙欲死，不知道李清什麼意思。

「不想活麼？」李清又加強語氣，問了一聲。

「將軍！」一邊的王啟年一聽李清的意思，不由急了，心想：我還準備剮這王八蛋幾刀呢。

李清也不理他，只是盯著過山風。

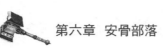

過山風這個時候的精神卻已經被李清完全擊垮，只猶豫片刻，倒跪倒在地，「將軍饒命，我想活。」

李清長舒一口氣，這過山風雖然是個土匪，但著實是個人才，戰力不俗，看他在山裡與王啟年游鬥，也是頗有章法。雖然這傢伙手上有人命，但這個世道，是個人物的，哪個人身上沒背著幾條人命?!如此兇悍的傢伙，正是自己需要的。

「很好！」李清點點頭，「你雖然罪大惡極，但眼下蠻兵入寇，大敵當前，本將看你還算是個人物，欲留你一條性命。幹得好，以前的案底我盡數給你抹去，便是想當個軍官也不是不可能；但若你三心二意，可知本將的手段？」

過山風意外逃得性命，已是大喜過望，何況上山當匪，又有幾個不是被逼無奈，眼見山匪這勾當是一天比一天難當了，能洗白誰不想幹？當下便叩下頭去：

「小人這一條命是將軍給的，以後給將軍當牛當馬，赴湯蹈火，也不敢有二話。要是有二心，天打五雷轟，叫小人被亂箭穿心，斷子絕孫。」

「好了！」李清一揮手，「我是不愛聽這些空口白話的，我只看你以後怎麼做。唐虎，你去告訴馮國，過山風的那些手下先禁在他營中，不許毆打虐待。」

「是！」

唐虎看將軍三言兩語便將一個悍匪說降，滿心地佩服，而王啟年一肚子的話憋在心裡，難受得要死。

「起來吧！」李清道。

過山風爬了起來，站到李清面前。

「你先到馮國校尉帳下聽用，以後立了功，自是少不了你的好處。」

「是，將軍，小人明白，一定好好幹。」

「嗯！」李清喝了口茶，看似漫不經心地道：「你逃進雞鳴澤裡，能活著出來，倒也很了不起，本將聽說那是一片死地。」

過山風趕緊道：「不然，將軍，我知道這雞鳴澤裡有一條路可以直通到蠻族那邊，所以每次官兵來圍剿時，便逃去那裡面，等風頭過後再出來。」

果然有一條路！李清按捺住心裡的激動，表面鎮定地說：「竟有這等事？如此說來，你們還經常跑去蠻族那邊？」

過山風道：「是，以前不打仗的時候，我們也經常帶些東西穿過雞鳴澤去販賣，弄些銀錢。」

李清臉色一沉：「怕是在這邊搶的吧？」

過山風臉一白，「將軍恕罪。」

李清嘆了口氣，「算了算了，本將惜你是個人才，以前的事就不說了，知道這條路的人多麼？」

過山風被李清跳躍性的說話方式弄得有些昏，「就只有小人一個人知道，便是小人的那些兄弟也不知道，只能跟著小人一起走。」

李清滿意地點點頭，保密做得不錯。

「臨近雞鳴澤哪裡有蠻族？」

過山風回道：「戰前有一個，現在不知搬走沒有？大人知道蠻族都是些游牧者，原來在這裡，過些日子不定就搬到哪裡去了。」

「那以前在那裡的，是蠻族的哪個部落，有多少人？」

過山風仰頭想了想，「好像叫什麼**安骨部落**，小人看他們的規模，大概有一千帳的樣子，人口約數千。」

一千帳的部落，大概便能湊出一到兩千士兵，李清在心裡盤算了一下。

「好，你既已投入本將帳下，以後就不要小人小人的了，要叫職下，明白了麼？」李清得到了想要的消息，溫言道。

「是，小人，不，職下明白了！」過山風鞠躬道。

「嗯，你先去馮國那裡安撫你的部下，還有先前被抓的那幾十個人，都還給你，告訴他們，你們現在已不是山匪，是官兵了，是常勝營的兵，明白了麼？」

過山風恍若夢中，先前還是山匪，轉眼間便從良為官兵了，這反差實在有點大。在楊一刀的引領下走向馮國的營盤時，腦子裡還是有些不敢置信。

看到過山風走了，王啟年激動地走到李清面前，「將軍！」

李清搖搖頭道：「啟年，我知道你想要說什麼，但這個過山風我有大用，而且他也是個人才，以後你們便是同僚了，我不許你去找他生事。」

王啟年憋了半晌，才低聲道：「末將明白了。」

李清正色道：「啟年，通過這一仗，你可明白了自己的不足麼？你以前是個兵，只管衝鋒在前，奮勇殺敵便行，但現在你是一個軍官，堂堂的鷹揚校尉，手下有上千人馬，雖然現在還沒有，但遲早你會有的，像以前那樣打仗，斷然是不行的，好比這一次，那些兵本來是可以不死的。」

王啟年垂下了頭，「末將知道。」

「知道便好，我已和尚先生說好了，你、馮國、姜奎三人，每天必須抽一個時辰去他那裡聽他授課，我有時間也會講給你們聽，從現在起，你們要意識到自己是一名軍官，一將無能，會累死三軍的，知道麼？」

王啟年滿臉羞慚，「末將明白，今後一定努力學習為將之道。」

李清欣慰地點點頭，「好，這一次死亡的人除了要厚葬外，有家屬的也要重重地撫恤，所需銀子只管向尚先生要。」

收了山匪過山風，並沒有在常勝營裡激起多少浪花，畢竟比起窮凶極惡的蠻寇，過山風等人已經可以算是良善有加了，除了一些好奇寶寶們連著幾天到馮國營外偷偷瞧一眼鼎鼎大名的過山風外，一切風平浪靜。

崇縣百姓的編營有了許雲峰青天大人的支持，一切有條不紊地進行。

出於對許大人的信任，畢竟是帶他們逃出生天的官老爺，再加上對李清的敬畏，那是能讓他們活下去的人，而且以後也要依靠他活下去，百姓們按照規劃分成了不同的營。

在李清的計畫中，眼下還是供給制，到以後能自給自足的時候，便將這些人散出去，以家庭為單位，青壯閒時為勞力，戰時招來便能成為合格的戰士，採全民皆兵的方式。

打獵已停了下來，除了姜奎的部下還在砍樹造物，其餘的青壯已逐漸開始軍事訓練，崇縣殘餘五萬餘人口中，青壯有五千之數，這是一筆巨大的財富，需要好好地操練，沒有武器，便削木為槍，在常勝營老兵的帶領下按部就班地操練著。

只可惜糧食不夠，不能大運動量的練習，否則以李清的練兵法，造就一個合格的士兵用不了幾個月。但即便這樣，這數千丁壯在短時間內也算是有模有樣了，至少站得齊隊列，曉得左右了，李清有自信這些人只要有了武器，拉出去便可以作戰。

「你真想動手？」尚海波看著李清，有些憂心忡忡。

「只能動手！」李清一揮手，斷然道。「我們的糧食不夠，只有去搶，我已派了馮國帶著過山風去探查雞鳴澤對面的蠻族部落。」

「可現在我們只有千餘士兵，實力不足啊！如果有足夠的武器，我們可以武裝起更多的人，是不是再等等，也許老路很快就來了呢？」尚海波不放心，這點人馬算是李清的老本，要是一招不慎折了進去，那才真是災難。

「等不起，萬一老路那裡有什麼意外，我們都沒地方哭去，要下雪了，必須要在下雪前籌足足夠的糧食才行。」李清已下定了決心。

「既然將軍已下了決心，那便幹了！」

尚海波也不是一味小心謹慎的人物，他也深知這個冬天便是李清的一個劫，「既如此，那便要好好地謀劃一番。」

「偷襲，打他們一個措手不及，這是我們唯一的出路。」李清手一揮道：「否則正面對壘，我們不會是他們的對手。」

常勝營一千老卒被集中了起來，一天兩乾，還加上了肉食，每日的操練也分外嚴格起來，在眾多士兵不明所以，議論紛紛之際，一些久經陣仗的老兵卻已知道要打仗了，但**不解的是去哪裡打仗呢**？

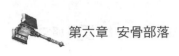

常勝營一切都準備妥當，就等著馮國與過山風回來。

五天後，馮國與過山風從雞鳴澤返回，不顧兩人的疲勞，李清立即便召集眾人到他的大帳。

「大人，對面是我先前說過的安骨部落，有一千帳，能召集二千騎兵，他們整個部落足足有一萬兩千餘人。」過山風回報道。

「一千帳怎麼有這麼多人？」李清奇道。

「奴隸，大量的奴隸，這殺千刀的安骨部落參與了這次的入寇，發了大財，足足擄掠了數千奴隸！」馮國咬牙切齒地道。

「打他娘的！」王啟年一捶砸下去，將李清面前的案桌擊得一跳，看著李清惱火的目光，不由訕訕地收回了手。

「還有一個好消息。」過山風道。

「什麼消息？」

「蠻族的慕蘭節。」過山風笑道。

「慕蘭節？」眾人面面相覷，不知這是什麼節日。

「慕蘭節是蠻族最大的節日，嗯，就和我們過年差不多吧。」過山風解釋道：「我們潛進安骨部落後，我打聽到蠻族此次要大肆慶祝慕蘭節，是以所有部的首領都要到蠻族的龍城去，安骨部落的酋長也會去。」

李清眼睛一亮：「也就是說，這傢伙會帶走不少兵？」

「對，將軍一語中的！」過山風道：「至少這位酋長會帶走最為精銳的大帳兵，這樣我們幹起來便輕鬆多了。」

李清笑道：「真是天助我也！對了，慕蘭節還有幾天？」

過山風道：「六天，想那酋長離開部落也就是這幾天的事。」

「好，慕蘭節那天，我們準時對安骨部落發動襲擊，這一仗，我們不僅要勝，還要勝得乾脆俐落，要將損失降到最低。大家都下去準備吧。」李清興奮地道。

「許大人，我們這一次帶走了全部的老卒，青壯也要帶走一部分，這裡的老營，就要麻煩許大人安撫了，不要出什麼亂子才好。」

許雲峰點頭道：「這個大人放心，有我在，決不會出什麼亂子，只是這些青壯以前都是些農夫，這一上戰場，能頂用麼？」

李清搖搖頭：「這次不需他們上戰場，我帶上他們，其一是讓他們見見血，看看戰場是什麼樣子；其二，是要讓他們搬東西，這一次安骨部落搶了我們不少東西，想要搬回來，需要不少人手呢。」

許雲峰這才恍然，不由笑起來，「那好，我先祝將軍馬到成功，大捷歸來。」

李清哈哈大笑，「借你吉言了，我們準備明天出發，大軍將在慕蘭節前一天抵達攻擊前哨，馮國已找好了隱蔽的地方。許大人，你就準備找地方裝東西吧。」

「尚先生？」李清轉向尚海波。

「大人，我跟你去。」尚海波微笑道，「將軍曾言男兒何不帶吳鉤，這一次我也想見識見識戰場上的血雨腥風呢！」

李清一笑，「也好，有先生在我身側謀劃，我的成算大增。」

凌晨時分，一隊隊的士卒紛紛開拔，離開崇縣老營。

老營裡一片安靜，李清和許雲峰給大家的藉口是常勝營練兵，將開拔到附近山裡進行為期一旬時間的操練，大家目送著大隊人馬消失在清晨之中。

而老營則開始了一天的喧囂，只有許雲峰不免有些憂心忡忡，患得患失起來。

十二月一日，慕蘭節。

安骨部落早早地就進入到節日的氣氛當中，老酋長完顏不魯奉大可汗之召去龍城，安骨部落的慕蘭節便由完顏不魯的大兒子完顏不花主持。

這也是完顏不花第一次主持如此大的節日，他想著一定要將這場盛大的節日辦好，至少要比去年好，因為去年是他的弟弟完顏吉台主持的。

眼下安骨部落的繼承人之爭已經到了關鍵時刻，阿父喜歡完顏吉台，這是眾人都知道的事情，是以捧完顏吉台臭腳的人在部落中不在少數，但完顏不花比弟弟要大上一輪，在部落中也是擁護者眾多，現在兩派是**棋逢對手，誰也壓不下誰**。

「該死的小崽子！」完顏不花心裡恨恨地罵道，這一次阿父去龍城帶上了弟弟，那小子可以在大可汗面前露一個臉，要是大可汗認可了他，自己可就沒什麼戲了。

「但願長生天保佑，完顏吉台馬失前蹄，跌死了最好！」

一大早起來，完顏不花先默默地對長生天許了個願，然後才一陣風般地跑出去，開始安排今年的慕蘭節。

今年是個好年成，不但風調雨順，牲口又增長了許多，而且跟隨大大汗出擊大楚定州，收穫極豐，整個安骨部落貴人們的帳篷裡堆滿了搶來的財貨，還有數千擄來的奴隸。

完顏不花的目光落在那些腳帶鐵鍊的奴隸身上，暗道：大楚的女子比草原上的女子的確要漂亮多了，就算是我們安骨部落的貴女們，身上也難免有種膻味，但這些南朝女子個個嬌媚，搶回來洗洗，當真能讓人看花了眼睛。

完顏不花身上有些發熱，這次搶回來的數千奴隸中，女子占了絕大部分，大都分給了部落裡的勇士，想必明天部落裡又會添不少小崽子了。

完顏不花開心地想著，只要有人，部落便能一直興旺下去。今天慕蘭節過後，回到帳中可要好好地操操那幾個南朝女人，爭取灑下種子，讓自己這一脈血脈興旺。

一念及此，完顏不花頓時覺得幹勁十足。

臉上忽地一涼，完顏不花伸出手去，天上竟飄起了細微的雪花。

「呀，今年的雪來得好早，這可真是一個好兆頭啊！」伸出舌頭去舔舔手上那一絲冰涼，「拜長生天和英明的大可汗所賜，這個冬天，安骨落可以安生地躺在帳篷裡好好地播灑部落興旺的種子了。」

夜幕徐徐降臨，安骨部落裡一堆堆的篝火熊熊燃燒起來，每家帳篷都拿出自己準備的美酒，整頭羊被剝去了皮毛，在火上烤得滋滋作響，一群群的牧民們正圍著篝火跳著舞，部落的祭祀也在做著最後的準備，慕蘭節即將要正式開始了。

黑暗中，一群群被鐵鍊鎖著的奴隸臉色木然，空洞的眼光看著黑沉沉的天空，這個快樂的節日，對他們沒有任何的意義。

離安骨部落駐紮處大約十里遠的地方，一支軍隊正靜靜地潛伏在側，沒有一絲聲音，沒有一點騷動，雪花落在他們的盔甲上，再化成雨水流淌下來。

在他們的前面，李清凝視著不遠處那明亮的火光，在黑夜中，那團火光便如同一個標靶，昭示著他這一次攻擊的目標。

「將軍，再等等吧，等他們盡興而歸，進入夢鄉之時，便是我們進攻的時刻。」尚海波低聲道。

李清點點頭，身上熱血沸騰，有些按捺不住，這是一次偷襲，更是一次報復，讓這些強盜嘗嘗被人劫掠的滋味吧！李清在心裡恨恨地道。

這些該死的蠻子，居然連周邊哨探也沒有放上一個，他們做夢也想不到居然會有人穿越幾十里的死地來攻擊他們吧！

午夜，雪下得愈發大了，靜靜伏在草原上的猛獸，身上都披上了一層雪衣，遠處沸騰的營地開始漸漸安靜下來。

李清霍地站了起來，逐一令道：

「馮國，你是第一波，攻擊時勿作停留，只管放火，在營裡造成混亂即可。」

「王啟年，你在馮國之後，見營中亂起，立即進攻。我要你橫掃一切，摧垮所有擋在你面前的抵抗。」

「姜奎，你是外圍游擊，不能放走一個逃走的傢伙。我要全殲！」

接著對尚海波道，「尚先生，你且在此處靜觀我破敵吧！」

尚海波一介書生，手無縛雞之力，見李清如此安排，自嘲地道：「自古言百無一用是書生，今日倒是見證了這句古話，也好，我便在這裡，不給將軍添亂，靜待將軍獲勝吧！」

李清嘿然一笑，拔出腰刀，沉聲道：「出發！」

常勝營分成三個梯次，如同雪中的精靈，從地上一躍而起，向目標疾撲而去。

安骨部落。

木柵寨門早已關閉，寨門前的哨樓上燈光昏暗，上面的哨兵昏昏欲睡，他們是剛剛被換來的，先前的狂歡，他們喝了太多的馬奶酒，此時不能摟著女人鑽被窩，卻被趕到高高的哨樓上吹寒風，皆是大為不滿。

「天寒地凍的，有什麼需要警戒的？」哨兵嘟嘟嚷嚷地道，從懷裡掏出一袋酒，仰頭灌了一大口，遞給身邊的同伴。

「來，喝一口，擋擋寒氣！」同伴接過酒，喝了一口，道：「不措，你聽到什麼聲音沒有？」

被喚作「不措」的人大著舌頭道：「什麼聲音？他媽的，老子就聽見女人叫床的聲音！」接過酒，便又仰頭向肚內灌去。

他的同伴臉上露出不可置信的神色，就在不措仰頭喝酒的瞬間，一支利箭呼嘯而至，噗哧一聲刺入他的脖子，不措哼也沒哼一聲便倒了下去，馬奶酒順著哨樓沽沽流淌下去。

「敵襲！」剛站起來，又是數支羽箭飛來，穿透了他的身體。

他張大嘴巴，無神地看著雪地裡一個又一個的人疾撲而至，緊接著，他看到旁邊的哨樓上，幾名哨兵正從樓上摔落，他從喉嚨中吐出最後一口氣，沉重的身體重重地砸在雪地上。

馮國的三百人乾淨俐落地解決了哨兵，便如同一股洪流直衝寨門，薄薄的寨木在士兵們的合力衝擊下，只晃了幾下便轟然倒塌，士兵們一聲吶喊蜂湧而入，從營地中仍在燃燒的篝火中抽出一把，一邊向前衝，一邊將火把扔向帳篷。

騰騰的火光從一個個的帳篷燃起，片刻便將營裡照亮。

許多不明所以的安骨牧民赤裸著身體跑出帳篷，迎面看到的便是一股鋼鐵洪流，還不容他們有所反應，雪亮的長刀長矛已是砍殺過來。

「幹得漂亮！」第二波趕到的王啟年看到馮國的動作，興奮不已，大喝道：「列隊，前進！」五百人的隊伍迅速展開，長長的柔尖並舉，大踏步向前挺進。

這不是戰鬥，這是一場屠殺。經過慕蘭節狂歡過後的安骨部落壓根沒有想到會在這個時候遇到襲擊，絲毫沒有準備的他們，大都在剛剛奔出帳篷的時候便被砍死或刺死在雪地上。

完顏不花今天很興奮，他成功地主持了一場慕蘭節，回到帳中的他仍沒有盡興，又喝了一袋馬袋酒後，方才拖過一個搶來的女子，三兩下剝去衣裳便撲了上去，身下的女子掙扎著，嘶喊著，卻讓他更興奮，嘴裡胡亂喊叫著，用力按住女子，身體不住動作著，快意不已。

營地裡發生的第一波攻擊讓他不由一呆，心中狐疑道：哪個部落會來偷襲我們？這個冬天大家都很肥啊，用不著像往年那樣靠搶弱小部落來過冬啊？

但他畢竟是久經陣仗的大將，從女人身上一躍而起，胡亂套起衣衫，一邊召喚著親兵，一邊提刀衝了出去。

映入眼簾的亂象讓他一下呆住了，那身衣裝讓他記憶猶新，**那是定州軍！可是定州軍怎麼會出現在這裡？**

他的身後湧來不少親兵，正緊張地看著那股洪流滾滾而來。

「吹號，聚兵！」完顏不花顫聲道。最精銳的兵都被父親帶走了，眼下部落裡最多能聚齊千餘人，但目前的狀況下，能抵擋得了嗎？

「大人，快走吧！」親兵急道。

完顏不花稍一遲疑，那滾滾洪流已到身前，數十柄長槍當頭刺來。

完顏不花急退，揮舞著腰刀不停地格擋，身邊一連幾聲慘叫，好幾個親兵被刺殺在當場。

完顏不花心裡發寒，一個轉身向後跑去，身後的金屬洪流邁著整齊的步伐，沉穩地橫掃而過，整個營地一片火光，被驅散的馬匹牛羊四處亂竄，全都亂套了。

當李清全副武裝跨進安骨部落大營時，局面已完全落於常勝營的掌控之中，狂歡後的安骨部落筋骨酥軟，沒有任何反抗，王啟年的五百槍兵像一部殺戮機器，在安骨營壘內迅速輾過，不管哪裡剛形成一點有效的抵抗，馬上便被王啟年揮兵而上，一陣亂槍下徹底粉碎。

營壘裡四處是亂竄的人群，李清在以唐虎和楊一刀為首的親衛護翼下，邁著穩定的步子，在火光中一步步向前邁進，偶而有不長眼的安骨人竄到他身旁，也立時被親衛們亂刀砍死，李清來到安骨部落的酋長大帳前，別說拔刀，身上連血也沒有濺上一滴。

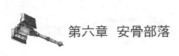

「成功了！」李清心裡長舒一口氣，這次不得已的冒險勝得異常輕鬆，真是佛祖保佑啊！李清恨不得仰天長嗥一聲，但當著一眾親衛的面，不得不保持著威嚴的面容。

酋長金帳出現在李清的眼前，李清心裡讚了聲，這頂金帳怕不有好幾十個平方大，高高聳立的梁柱上垂著數十根纓絡，金黃色的帳幕在火光的映襯下閃閃發光。

唐虎掀開帳幕，李清走進大帳，踩在帳內那軟綿綿的獸皮上，眼光卻落在大帳的最深處瑟縮成一團的兩個衣衫不整的女人身上。

唐虎打了個顫，他剛才草草地瞄了一眼，沒看見燈光的暗處居然還縮著兩個人，不由大叫不好，幸好是兩個女人，要是兩個刺客，那可大大不妙，當下便要將功贖罪，嗆啷一聲拔出還沾著血跡的腰刀，竄到兩個女人身前，刀高高舉起，大喝一聲：

「呔，什麼人？」

唐虎在上一次戰鬥中失去了一隻眼睛，此時用一個黑色眼罩包在頭上，遮住瞎掉的那隻眼睛，看起來更加兇神惡煞，尤其是刀上還沒有凝固的血液一點點落下來，更是讓兩個女人渾身顫抖，愈發地縮緊，一句話也說不出來。

「回來！」李清令道。

看那兩個女人的服飾，像是中原女子，李清腦子一轉，想必是上次定州被掠來的，不由心裡一陣發苦，軍隊無能，卻是讓這些無辜的百姓遭了殃。

他走到兩個女子面前，柔聲道：「兩位姑娘不要害怕，我們是定州軍常勝營，這次是來報仇的，這些蠻人已被我們擊敗，你們可以回家了。」

或許是李清的溫言起了作用，也或許是李清身上的定州軍軍服給了這兩個女人安全感，兩人身體雖然還發著抖，但緩緩地抬起了頭，看向李清。

李清鄭重地點點頭道：「兩位姑娘，現在你們自由了。」

兩個女子激動地撲倒在地，大聲號啕起來，「謝謝將軍，謝謝將軍。」

李清嘆了口氣，兩個女子雖是衣衫不整，但仍可看出面貌清新可人，這樣的女子落在蠻族手中，下場可想而知，想起這樣的女子在這營中不知還有多少，李清心裡的一股怒氣便不可遏止地升了起來。

「楊一刀，傳令下去，讓士兵解救被擄掠的百姓，記住，不得無禮。」李清特意強調。

營中的女子恐怕都與這兩人差不多，自己手下都是些血氣方剛的年輕小夥子，整日待在軍營中，別說是女人，便是母豬也沒看過多少，可得加以節制，否則有個什麼亂子，就不好彈壓了。

心中正自戚戚焉，外面忽地傳來一陣陣震天的歡呼聲，馮國一頭撞了進來，大笑道：「將軍，大事定矣，整個安骨部落已全部被我們拿下，一個人都沒有跑脫。奶奶的，凡是手裡拿刀持弓的都被我們砍了，現在王啟年那裡抓到一條大魚，是大酋長的兒子，叫什麼完顏不花，將軍要不要去看看？」

李清心裡很是歡喜，這一仗打得漂亮，雖然老蠻子不在，但抓住一個小蠻子酋長，便給這場戰役畫上了一個完美的句號。

「走，去看看這些狗蠻子的下場！」

完顏不花已是窮途末路，上百支槍將他團團圍在中央，他手下的親兵橫七豎八地躺在地上，早已死透，他自己臂上腿上也被扎了好幾個窟窿，鮮血淋漓。披頭散髮的他絕望地看著四周，他感到全身的力量正在一點一滴的離自己而去。

「想要活捉自己麼？休想，長生天保佑下的雄鷹即便戰敗，也絕不會成為俘虜。」

周圍的士兵發出震天的歡呼聲，往兩邊一散，現出一條通道，完顏不花看見一個頂盔戴甲的軍官出現在自己的面前，看那裝束，八成是定州軍的參將。

王啟年看起來是個魯莽傢伙，但粗豪的外表下卻不乏一顆機敏的心，何況在軍中廝混了這麼久，眼前這個大咖此時已是強弩之末，這時誰都可輕鬆殺了他，然而，這樣的大功不是每個人都有資格拿的，此時在安骨部落裡，只有一個人有資格，那就是頂頭上司李清。

是以殺了完顏不花所有的親衛，確認完顏不花已是一條待宰的肥豬後，他便立即讓馮國去報告李清。

「將軍，這便是安骨部落的少酋長完顏不花！」王啟年恭敬地向李清報告。

李清大讚道：「幹得好！」

王啟年抹抹絡腮鬍子，大笑，仍是一臉的粗魯模樣。

「完顏蠻子，先前掠我定州，可曾想過今日？」李清轉向完顏不花，戟指怒罵道。

完顏不花勉力站了起來，破口回罵：「南朝狗子，只知偷襲，不敢對戰，懦夫！」

李清哈哈大笑，「兩軍陣戰，只看結果，不論手段，今日還要嘴硬？」

完顏不花怒道：「呸，小狗不要臉，敢與我對戰麼？斬你頭顱只片刻間耳！」

聽到完顏不花臭罵己方老大，周圍頓時傳來一陣陣的喝罵聲。

第七章
清風霽月

楊一刀笑道：「將軍，您道那兩個女子是誰？便是我們在完顏不花的金帳裡救出來的那兩個女人，不想居然識文斷字。」

「哦，她們叫什麼名字？」李清不由來了興趣。

「兩人是一對姐妹花，姐姐叫清風，妹妹叫霽月。」

李清仰頭大笑，雖然對這種匹夫行徑大為不屑，自己是領兵大將，又不是江湖豪俠，幹嘛要與你們擺開陣勢，單打獨鬥！但眼下王啟年已將前奏做得極好，留下偌大的桃子來讓自己摘，這也是鼓舞士氣，提高自己在軍中威望的一個良好途徑，當然不能錯過。

一陣大笑後，他輕蔑地看著完顏不花，「好，本將軍給你這個機會，讓你死得心服口服！」嗆啷一聲，拔出腰間長刀。

這柄刀可不是定州軍中的便宜貨，而是壽寧侯帶來的李氏精品，刀名長風，百煉精鋼反覆捶打而成，削鐵如泥，此時刀面映在紅光之下，明滅不定，端地鋒利異常。

完顏不花勉力站了起來，自己的下場早已決定，他不想被這些小兵們一陣亂槍戳得渾身是窟窿，他想死得有價值一些。

「定州軍常勝營參將李清，記好了，在閻王爺那裡不要搞錯了殺你的人。」李清執刀而立。

完顏不花深吸了口氣，將體內殘存的一點力量積聚起來，恨恨地看著李清，對峙片刻，兩人同時大喝一聲，李清縱身撲上，完顏不花也猛的躍起，跳在空中，無視李清斜劈腰際的長風，摟頭一刀砍下，聲勢頗為驚人。

周圍的士兵都是驚呼一聲，王啟年手心裡也是捏了把汗，李清陡地迎上去，噹的一聲響，一截刀頭飛開，完顏不花跌下地來，李清卻已躍到他的側後，一個半轉身，長風帶著匹練般的刀光斬向，噗哧一聲，完顏不花大好頭顱飛向了空中。

「將軍威武！」周圍的長槍兵們高舉長槍，大聲歡呼。

李清微笑著執刀向四周示意，只有王啟年等心細的人才發現李清的手臂在微微顫抖。

「他媽的死蠻子，好大的力氣！」李清在心裡罵道：「看來老子有時間也要好好練練了，今天要不是王啟年先搞定了這蠻子，老子鐵定會出醜。」

控制了安骨部落，將警戒哨探遠遠地放出去，接下來便到了收穫的時刻。

盤座在酋長大帳內的李清正在聽取手下彙報著收入，雖然還沒有整理完畢，但已經報上來的收穫便讓李清喜上眉梢，直恨不得手舞足蹈了。

太肥了！安骨部落並不大，區區千帳的部落，在大草原上算不得什麼，原本以為這頭羊就算肥，也不會太有油水，但眼下看來卻是大錯特錯了，從這一點也可看出這次蠻族在定州的大掠，對定州造成了多麼深的危害。

糧食，李清最缺的東西，粗略估計竟有十萬石之多，牲畜有二十餘萬頭，其中可充作戰馬的便有數千匹，這讓騎兵出身的姜奎歡喜得臉都有些扭曲了，坐在那裡扭來扭去，他朝思暮想的騎兵隊終於可以建立了。

「除了這些我們急需的東西之外，還有金銀珠寶！」尚海波臉色平靜，完全沒有李清等人暴發戶般的歡喜，「我略略看了一下，大約值數十萬兩銀子，這也與安骨部落這樣大小的草原酋長的身家相符。當然，這些是還沒有算上那些普通牧民家的資產，只是酋長府庫裡的東西。」

李清笑道：「好極了，便是那些普通的蠻子，也給我搶個一乾二淨！奶奶的，我們定州百姓受過的苦，讓他們也嘗嘗！這些蠻子們一窮二白，我倒要看看他們如何過這個冬天。」

尚海波又道：「除了這些浮財外，我們還俘獲了安骨部落約三千人，大都是老弱婦孺，解救了被擄來的奴隸萬餘口，這些奴隸中，青壯約有二千餘人，大都是些婦女。」

「這些解救出來的人我們都要帶回去！」李清揮手道。

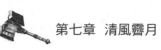

「這個自然！」尚海波道：「但那些俘虜怎麼辦，都是些老弱，帶回去也沒什麼用。」

李清冷笑道：「不管他們，將他們都扔下，已經開始下雪了，讓他們去自求多福吧！」

尚海波眼光閃動，「將軍，對於這一點，我卻有些不同看法。」

李清詫異地看了他一眼，「尚先生是什麼意思？」

先前尚海波也說這些人帶回去沒有用，他忽地打了一個激靈，這個尚海波是想殺了這些人?!

作為一個穿越而來的現代人，雖然李清已習慣了這個時代人命如狗的現實，兩軍作戰，死了誰也怨不得誰，但殺這些毫無反抗之力的老弱婦孺，他卻是下不了手去。

王啟年等人此時也明白了尚海波的意思，饒是手上血跡累累的戰場屠夫，仍是臉上發白，看著臉色古井不波的尚海波，都是一陣發寒。只有過山風臉色不變，低頭把玩著不知從哪裡搶來的一塊玉佩。

「奶奶的，看不出這個書生心這般狠啊！」王啟年小聲嘟囔了句。

帳內一片安靜，王啟年很小的聲音也顯得極大，王啟年不由嚇了一跳，見眾人都望向自己，更是尷尬。

尚海波似乎沒有聽到王啟年說的，淡然地道：「將軍，不是我想殺，而是我們不得不殺啊！」

李清握緊拳頭道：「何以見得？」

「將軍，我們這次襲擊能大獲全勝，全在一個出其不意，所依仗的便是那條不為人知的秘密通道；如果這些人不殺，那麼我們襲擊安骨部落的事必將大白於天下，人們必定會疑問我們常勝營是從哪裡來的？這個秘密將會不保，雞鳴澤必將暴露。敢問將軍，那時我們何以抵擋蠻族的報復？」

李清不由語塞，現在他的實力，別說是蠻族大單于，便是一個大型的部落也不是他能抵擋的。

「為了以後的戰略，雞鳴澤這個秘密我們必須保留，更何況，將這些人殺絕後，還有另外的好處。」

「安骨部落被滅，這是誰做的？」尚海波問。

「當然是我們做的，尚先生這是何意？」姜奎不解地道。

「但知道是我們做的人都死絕了。」尚海波兩手一攤，「定州軍距這裡最近的常勝營有天險無可逾越，肯定不是我們；而且常勝營只有千來人，根本沒這實力啊！其他各營都在草原各部的嚴密監控中，也不可能長途襲擊而不為人知，那會是誰做的呢？」

尚海波再一次反問，眾人都默然，不知尚海波究竟何意。

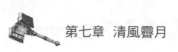

「草原蠻部之間會不會猜測，是不是哪個部落見財起意，悄無聲息地滅了安骨，搶了他們的財貨牲畜呢？如果是，那這個部落會是誰？會不會將下一個目標對準我呢？如此一來，各部之間必有一番猜忌，便是他們的大單于，想要平息議論也必會費一番功夫！更何況那安骨部落的老酋長還帶著千餘戰士在大單于的王庭呢，想必知道後，一定會去王庭哭訴的。」

尚海波笑道：「敵人之間不和，對我們不是好處多多嗎？而我們悶聲發大財，說不定到了明年秋天驃肥馬壯的時候，大單于為了壓制這種猜測，強行將這事栽到定州軍身上，揮軍來攻，那時蕭大帥必然頭痛。」

眾人不禁如看妖魔一般看著尚海波。他們來搶安骨，只是想弄點過冬物資，熬過這個冬天而已，**沒想到尚海波算計如此之深，將草原各部，甚至連定州軍蕭大帥都算計進去了**，這都是什麼人啊?!

李清心中天人交戰，殺俘他不願做，但尚海波所說的，無一不是赤裸裸的顯而易見的好處，**果然是一將功成萬骨枯**，以前他聽這話還沒有什麼感受，今天算是徹底領教了。

「我……」

李清遲疑地還沒有說完，尚海波已是打斷了他的話，「將軍凌晨便率領青壯和奴隸們先走，我來押後吧，後續的事務，我較為得心應手。」

李清點點頭，雖然心中已同意了尚海波的方案，但這個命令他卻不願親自下，眼下尚海波大包大攬去，正合他意，感激地看了一眼尚海波，卻發現對方眼中一閃而過的笑意。

尚海波在心中暗道：「將軍啊將軍，想要逐鹿天下，你的心還沒有做好準備，也罷，便由我來引你上路吧！」

環視了一眼帳中眾將，尚海波笑道：「不知哪位願與我同行？」

王啟年、姜奎、馮國或低下頭，或轉過臉，半晌，過山風懶洋洋地道：「如果先生不嫌棄，我願隨先生一行。」

尚海波點頭：「好，如此便勞煩你了！」

天啟十年的雪不僅來得早，而且下得更大。

李清返程途中，地上已是白茫茫一片，天空中飄著的雪也越來越大，除了千餘名軍士身著冬衣以外，運送財貨的崇縣青壯大都是衣衫單薄，搶了安骨部落後，這些人身上便罩上五花八門的衣衫，遠遠看去，倒像是一幫牧民在遷徙。

那些被解救出來的奴隸雖然衣裳破爛，但一想到從此將獲得自由，回歸中土，雖是凍得臉青手烏，卻一個個難掩興奮之色。

這支浩浩蕩蕩的大軍歡呼著，興奮著，如此多的糧食、牲畜，將意味著崇縣不會為生計而發愁了。

李清騎在馬上，看著興奮的部眾，心裡暗嘆，**一個集團的興起便意味著另一個墜入地獄**，想到這裡，心裡不由警惕，**自己會不會有一天也落得完顏不花的下場？**

想起完顏不花最後那窮途末路的瘋狂，李清不由一陣心悸，**想要好好地活下去，便得有更強大的力量！這個時代，只有強大的力量才會讓人不敢對你有什麼心思，才能保護自己，進而保護自己想要保護的人。**

李清一邊策馬緩行，一邊思量著回到崇縣後的動作，唐虎和楊一刀率著一眾親衛前呼後擁著，所過之處，一片將軍威武的歡呼。

臨近雞鳴澤時，李清心裡已有了大概的計較。

尚海波和過山風此時趕了上來，聞到過山風身上那濃濃的血腥味，想到倒在雪地上那成片的屍體，李清胃裡不由一陣翻江倒海，臉色也有些發白。

「將軍，你沒事吧？」尚海波關心地道：「是不是受寒了？」

李清搖搖頭，對過山風道：「你這次做得很好，從今天起，你便是常勝營裡的振武校尉了。對了，你真名叫什麼？我好行文去定州。」

過山風心下狂喜，終於修成正果了，而且一下子便越過雲麾校尉成了振武校尉，這意味著自己可以統率數百人馬，要知道，王啟年等人最早跟隨李清，是他的心腹，如今也只不過是鷹揚校尉，比自己高了一級而已。

「多謝將軍，我今後就叫過山風，以往的便讓它過去吧！」過山風道。

「好！」李清點點頭，「你先指揮大軍過雞鳴澤吧，這一次人數眾多，且有如此多的牲畜，不要出什麼亂子，我不想有什麼不必要的損失。」

「將軍放心！」過山風拍拍胸脯，「我敢保證，一頭牲畜也不會損失。」

自從李清率軍出發後，許雲峰便日夜擔心，處理完每日的公務後，便是派人去打探李清的隊伍；此時還沒有等到李清的消息，另一個喜訊卻從天而降，路一鳴回來了。

隨同路一鳴一起來的，還有浩浩蕩蕩的車隊，長長的車隊之中，裝載的都是糧食，路一鳴不負所託，不但將手裡的五萬兩銀子換成了糧食，而且從翼州李家弄來了數萬擔的支援物資。

看著風塵僕僕的路一鳴，許雲峰不由嘆道：「路先生啊，你若早回來數日就好了。」

連日勞累，疲憊不堪的路一鳴聞言怪道：「許大人這是何意，莫非崇縣出了什麼岔子不成？」

等回到房中，許雲峰這才將李清等不及，居然率人穿越雞鳴澤，去蠻族那邊搶掠一事說了出來。

路一鳴不等聽完已是大驚失色，連聲問道：「怎麼樣，可有消息了？」

許雲峰搖搖頭，「十多天了，還沒有一點消息啊！」

兩人相顧變色。路一鳴心中恙怒，這個尚海波是怎麼回事，如果李清出什麼事，那他的這番心血便算是白費了。

一般的民眾自然不知道兩人的擔心，看到糧車絡繹不絕地來到老營，都是歡聲雷動。

聽著外面的歡呼聲，路一鳴苦笑道：「將軍吉人自有天相，我們就做好眼前的事吧。」

兩人提心吊膽過了一天，便等到了天大的喜訊，一名騎士飛馬而來，一躍下馬，狂奔向營內，一邊高聲叫道：「將軍大捷，將軍歸來了！」

許雲峰和路一鳴狂喜之下，也顧不得什麼文士風度了，兩人將那報捷的士兵揪住，拖進屋內，你一言我一語地提出無數個問題轟炸著那個士兵。

那士兵眨著眼看著兩位大人，不知道該先回答哪個問題，憋了一會兒，才在兩人能殺人的目光中道：「將軍打了大勝仗，搶了無數的糧食、牲口和兵器，對了，還有無數的女人。」

這士兵沒什麼數字概念，只好用兩個字「無數」來形容。

兩位大人面面相覷，既然打了勝仗，獲得此戰利品自是無疑，但這無數的女人又是怎麼回事？

兩人互瞪了片刻，終於反應過來，都是狂喜不已，不管如何，總是一場大捷，兩人擊掌相慶。

「許大人，看來我們要準備更多的庫房了！」路一鳴大笑。

「不錯，不錯。」許雲峰也是呵呵大笑，「當日將軍來時，曾對崇縣父老講，他來了，就不會讓崇縣再餓死一人，當時我還心有疑惑，以為只是安撫人心之言，今日看來，是我大謬了，將軍果非常人。」

兩人打發了那士兵，趕忙準備迎接李清的回歸。

鑼鼓鎖吶都是現成的，轉眼間便拉起一支數十人的隊伍，通知鄉老村老們動員百姓夾道歡迎，再用蒼松翠柏架起巨大的凱旋門，又找了些紅綢繫在門上，雖然有些簡陋，但對於當今的崇縣來說已是很不錯了。

兩位大人更是興奮地沐浴更衣，刮去臉上亂蓬蓬的鬍鬚，把自己收拾得清清爽爽，這才走向彩門，準備迎接李清的到來。

得得的馬蹄聲傳來，前方出現了軍隊的身影，頓時鑼鼓喧天，數萬百姓歡聲雷動，李清一馬當先出現在眾人的面前，在他的身後，絡繹不絕的隊伍一支接著一支的出現。

李清打馬跨過彩門，看著兩邊歡呼的百姓，兩手虛虛一按，場面立時安靜下來，眾人都仰望地看著李清。

許路二人以為李清要發表一番激動人心的演講，心中也擬好了一番賀詞。李清本來也準備慷慨激昂幾句，但乍一看到兩邊數萬群眾面黃肌瘦，一副營養不良的模樣，嘴一張，竟然喊成：「鄉親們，從今天起，我們頓頓都吃乾的。」數萬人頓時凝固，許路二人更是險些一跤跌到地上，自古而今，恐怕這是最別具一格的獲勝感言了。

李清脫口而出那句話後，頓時便後悔了，這個時候本應該熱血澎湃，慷慨激昂一番的，怎麼說出了頓頓都吃乾的來？當下有些狼狽的趕緊策馬向前，數萬群眾先是發愣，繼而大笑，再往後則是驚天動地的歡呼。

「跟著將軍走，頓頓都吃乾的！」不知是誰振臂高呼了一聲，頓時群起響應。

在李清身後，尚海波第二個策馬走過了彩門。

不論是王啟年還是姜奎、馮國，都下意識地勒住了馬匹，任由尚海波一人尾隨著李清。至於過山風，他還排在王啟年等人的身後呢！

注意到這一細節的路一鳴心中頓時咯登一跳，意識到在自己離開的這段時間裡，尚海波居然在李清的手下建立起了如此的威望。

看著李清三員大將那自然的舉止，心中忽地有些酸溜溜的，但轉念一想，又振奮起來，尚海波在侯府時只不過是個不得意的狂書生罷了，自己卻是有名有姓的，他能做到的事，自己未必不能做到。時間還長著呢！想到此處，胸中不由湧起澎湃的戰意。

「高明啊，將軍！」尚海波策馬走到李清身側，眼帶笑意，對李清道。

「丟死人了！」李清臉皮微紅，「不知怎地，脫口就說出來了，想到不對時已不能改口了。」

「正是因為將軍不假思索脫口而出，那才好啊！」尚海波直言道：「百姓愚昧，和他們說什麼家國天下，那無異於對牛談琴，但百姓心中卻最為敞亮，誰對他們好，那是一清二楚！他們圖什麼，不就是肚子吃得飽飽的，身上穿得暖暖的，老婆孩子熱炕頭麼！誰能為他們做到這一點，那他們就會死命地維護誰。」

李清想想，不得不承認尚海波說得很有道理，老百姓們的要求並不高，但要在這時代做到，卻無疑很難。

「尚先生，說到容易，做到卻難呢，這個冬天是沒問題了，但以後怎樣還不一定啊，我們僅僅是走出了第一步而已。」

「萬事開頭難！將軍，這第一步走好了，以後會愈來愈順的。將軍沒信心麼?!」尚海波笑道。

這一句反問，反激起了李清的好勝心，胸中一時湧起豪氣干雲，「當然有信心，我堅信我會做得更好。」

「恭喜將軍得勝歸來！」許雲峰、路一鳴出現在李清的面前。

「路先生！」看到路一鳴，李清不由大喜，一躍下馬，雙手執著路一鳴的手，熱情地道：「早晚盼著路先生回來，不想竟是今日相見，一路順風否？」

見李清的笑容歡喜發自肺腑，路一鳴心中湧起一股暖意，道：「讓將軍掛心了，不負將軍所託，一切順利，不僅帶回整個冬天所需的糧食，更準備了明年春上所需的糧種，農具。」

李清高興地道：「先生辛苦了，晚上擺酒與先生洗塵。」

一邊的許雲峰笑道：「路先生早到了幾日，洗塵酒我已和路先生喝了，不過今天倒是真要大擺宴席，給將軍洗塵慶功。」

李清拍拍許縣令的肩膀，道：「幾天不見，縣令大人又清瘦了些，這些日子辛苦了。」

許雲峰擺手道：「分內之事，何來辛苦，將軍與將士們在外征戰才是真辛苦。」

兩人並肩而行，邊走邊聊著老營內的事。

在他們的身後，士兵和青壯押運著財貨絡繹穿過彩門，進入到老營。每一隊士兵和青壯走過，都贏來一陣喝彩聲，別說是上陣殺敵的士兵得意洋洋，便連那些隨軍的青壯亦是臉上放光，這可是長臉的事啊。

過山風心中最是感慨，想不久前自己還是一個人人喊打的土匪，轉眼間，便成了人人敬仰的英雄。**這世事之奇，當真是出人意料之外。**

回頭看了眼心腹李二痲子，那張痲臉上更是喜不自勝，顆顆痲子油光閃亮，光可鑑人。這小子在破營激戰時，被人在膀子上削了一刀，眼下膀子還吊著呢，現下卻成了炫耀武勇的標誌，只恨不得將那傷臂再舉得高些。

「大哥，還是做官軍殺蠻子好！」他有感而發地對過山風道。

接收財物入庫，安置奴隸，佈置慶賀，早有準備的許雲峰與路一鳴二人逐一有條不紊地安排下去，短短半日時光便已處理妥當，除了萬餘奴隸尚有不少沒有房屋住。

當時二人沒有想到李清還帶了這麼多人回來，不過從安骨部落那裡掠來的帳篷卻是現成的，於是在老營那一排排巨木建成的房屋一側，一片片白花花的帳篷又搭建了起來。

傍晚時分，老營裡便有一處處的炊煙冒起，各個營盤都喜笑顏開的淘米下鍋，更是破天荒的宰殺豬羊，這對已是數月不知肉味的眾人來說，可是不小的誘惑，有些傢伙流著口水早早地便守在煮肉的大鍋旁。

與老營裡其他地方狼吞虎嚥不同，李清這裡卻是斯文安靜得多，酒過三巡，臉上有了些微酒意，李清微笑著放下筷子，道：「諸位，我們常勝營的這頭一難關，在大家齊心協力下安然度過，甚至還有餘財，這裡，李清先謝過諸位。」

他站起身，向大家抱拳一揖。

眾人不敢怠慢，齊齊起立回禮道：「全仗將軍虎威。」

「大家請坐！」李清虛按雙手，「雖說這頭一關是過了，但常勝營的困境，大家都心知肚明，前途莫測，內憂外患，諸君尚需共勉。」

經此一役，尚海波已隱隱成為李清手下第一人，李清說完，便立即道：「將軍放心，有將軍在上運籌帷幄，我等盡心盡力，常勝營振興指日可待。」

見眾人都臉有興奮之色，李清知道必需將自己的計畫合盤托出，以便讓眾人有一個明確的目標。

「諸位，在回來的路上，對於常勝營的發展，我心中已有一個計畫，首先，編練軍隊以振軍威，軍隊是我們立身之本，這是當務之急；重修內政以資民生，這是我們生存的根基，簡而言之，這個冬天我們要做兩件事，第一是練軍，第二是民政。」

常勝營入崇縣時只有千餘人，按照大楚軍制，一個標準營是三千人，當時常勝營連吃飯都成問題，自然談不上擴軍，但眼下不同了，不僅崇縣殘餘的百姓中有上萬青壯，便連這一次解救回來的奴隸也有數千可充作兵員，擴軍一事勢在必行。

「將軍說的是，沒有強大的軍隊，我們便是別人案板上的魚。」尚海波道：「現在冬天已到，正是我們練兵的好時機，相信以大人的練兵之能，這個冬天過後，我們常勝營就有一戰之力了。」

李清點頭，以前沒人沒兵器，現在人不缺了，兵器也從安骨部落繳獲了不少，說到編練強兵，那是他的拿手強項。

「常勝營左中右三翼，這一次將擴充至滿員，左翼翼長，王啟年。」

王啟年站起抱拳。

「中翼翼長，姜奎，你翼為騎兵翼，這一次繳獲了足夠的戰馬，你可優先選擇能上馬作戰的士兵！」

姜奎喜形於色，多日心願一朝得償，怎不心花怒放?!

「馮國！你乃右翼翼長！」

馮國霍地起立。

「過山風！」

聽到點到自己的名字，過山風刷地站了起來，大聲道：「過山風聽命！」

李清微微一笑，「此次我們襲擊安骨部落，你當居首功，先前我便說了授予你振武校尉，現在命令你組建斥候隊，建制三百人，配馬。直接向我負責。」

「楊一刀，親衛隊隊長，唐虎，副隊長，你二人選拔敢戰忠心之士，組建一支親衛隊，人數一百人。」

他之所以讓楊一刀為隊長，是因為楊一刀較之唐虎更加沉穩。

眾將躬身領命。

「尚先生！」李清笑容可掬地轉向尚海波。

尚海波微笑抱拳，「委屈尚先生擔任營中長史一職，協助我處理軍務，參贊軍機，如何？」

尚海波笑道：「將軍之命，安敢不從！」

聽到李清的安排，一邊的路一鳴暗嘆一聲，知道自己這次與尚海波的較量中，終是敗下陣來，尚海波明面上只是常勝營的長史，實則是李清的首席軍師，在常勝營中**已是一人之下，萬人之上了**。

「從明天開始，擴軍正式開始，」李清正色道：「說完了軍事，我們便要說說民政了，這是我們以後生存的土壤，不能輕忽。大家也知道，不是每一次都能搶到東西，也不是每一次都有人支援我們的。」

他是在暗指李氏。「所以，我們一切都要靠自己，吃的，穿的，用的，都要自力更生，這樣才不會為人所制。」

「時至今日，我崇縣已有七萬餘人口，是吧？」李清看向許雲峰。

許雲峰點頭道：「不錯，原來有五萬餘口，將軍此戰又帶回萬餘，合計七萬多人。」

「那崇縣現在有田多少？」

許雲峰對民生事務十分熟悉，立馬回道：「崇縣多山，可供耕作的土地並不多，整個崇縣合計有良田百萬餘畝，分佈在縣城附近，崇縣遭掠，人員傷亡甚重，除了一些大戶逃亡在外，尚且可能回來，其餘的大多成了無主之田。」

李清聞之：「凡是還有主人的田地我們不動，仍然還給他們；其餘的全部充作公田。這些公田授給原先無地的佃戶，長工，每丁口授田十畝。」

許雲峰一驚，道：「將軍，有很多田是一些大戶的，這些人在兵災過後肯定還會回來，那時將軍將他們的田賜給了別人，不是有麻煩？」

李清冷笑一聲，「回來啊？回來好啊，反正崇縣人口少，如果他們要田，我另外再給他們一些便好了。」

許雲峰從他的語氣中聽出了一股不善的味道，當下也不再多言。

「此次寇兵來襲，我縣青壯損失慘重，老弱婦孺居多，這一次我們從安骨部落救回來的奴隸中，也是女子居多，告訴所有的兵士，如果他們能找到老婆，便也同樣賜田。」李清道。

「將軍，士兵們如果都去找老婆了，他們還會用心去訓練麼？戰鬥力豈不是會下降？」路一鳴驚道。

李清擺擺手，「路先生不必擔心，這些士兵們以後還要擔負作戰的任務，他們的賜田是普通百姓的一倍，也就是一口二十畝；另外，這些士兵的田地以後也不必繳稅，凡是以後崇縣的各種稅務，只要家中有當兵的，全都免去。」

許雲峰一聽，要是這樣，豈不是大家都會去搶著當兵了！

尚海波笑道：「將軍此招好，士兵們在這裡有了恆產，卻不用繳稅，以後誰要動他們的財產，這些士兵必然起來反抗，幾十畝田就能換來數千將士的忠心，的確划算。」

李清哈哈一笑：「尚先生深知我心。我料此策公布後，來報名當兵的必多，但如今我軍尚且負擔不起多餘的兵馬，三千之數足矣，所以招兵時可以更嚴格一些。另外，我崇縣所有青壯在農閒時必須進行軍事訓練，常勝營將派出專門的軍官負責此事，由各鄉老村老負責組織，我要崇縣的青壯在任何時候都能拉出來成為一支軍隊。許大人，你是本縣縣令，這些事便要你去操心了。」

「敢不盡力！」許雲峰抱拳。

「路先生！」李清又轉向路一鳴。「先生熟悉民政，我想請先生暫為縣中主簿，協助許縣令管理崇縣民生，另外協調崇縣地方與常勝營之間的關係；還有，常勝營一些與外面打交道的事也交給先生了，不知先生是否嫌事務過於繁雜？」

路一鳴笑道：「沒有問題，一定不負將軍所託。」

李清笑道：「那就好，既然大家都已知道了各自的職責，那從明天起便各行其事，每三天我們碰頭一次，協調商量事情，解決問題。眾人可有疑義？」

眾人哄然應命。

李清喜道：「好，正事說完，接下來咱們接著喝酒，今日定要一醉方休。」

不出所料，當第二天授田政策一公布，立時便掀起了平地波瀾，那些原本赤窮的佃戶、長工見居然有田可分，當真是高興得不分天南地北了，自然是雀躍擁護。

士兵結婚便可以分田，眾多兵卒也炸了窩，現在崇縣什麼多？女人最多！從安骨部落裡救出來的女子因為家破人亡，大多無處可去，要麼是失去清白，無顏回家，對這些受過苦的女子來說，只要能找個老實能幹，真心疼她們的丈夫便足夠了，更何況還有田地可分！有些與士卒同行了十數日已經混熟的，當士兵開口詢問意願時，這些女人自是沒口的答應。

因而崇縣老營開始了一波結婚狂潮。

「有恆產方有恆心！」李清在事後曾對尚海波得意地道：「這些女人不能幹多少活，要養活她們卻要不少糧食，把她們嫁出去，便該她們的丈夫養了；有了女人的男人也會安分些，你不要怕有了家室的軍隊會沒有戰鬥力，恰恰相反，士兵們會認為讓老婆孩子過得更好是他們的責任，更何況這裡是我們的老巢，你想想，要是以後有人想來謀我們的老巢，這些人會不挺身而出，捍衛自己的家園麼？」

即便尚海波自許才高，李清這一招還是出乎他的意料之外，有家的軍隊戰鬥力更高的這一論點，讓他更是聞所未聞。

一連幾天，老營裡都在慶賀，作為主官的李清無需事事親力親為，倒是每日的酒喝得太多，雖然他酒量大，也架不住敬酒的人多啊。

李清的房子建在老營東側一處向陽的斜坡上，數間臥房，一處議事廳，一處廚房，雖然現在李清還在是老營裡搭伙，唐虎與楊一刀兩名貼身親衛與李清住在一起，其餘的親衛們則住在相隔十數米的一排木房中。

李清醒來時，已近午時，一連下了數天的大雪終於停了，透過窗戶看出去，一片銀裝素裹，屋簷下，樹杈間，倒掛的亮晶晶的冰錐閃著幽幽的光芒，或長或短，或粗或細，偶有一陣風吹過，簌簌的雪粉便紛紛揚揚自空中掠過，轉眼間，又融入那一片雪白，再也不見一絲蹤影。

遠處傳來一陣陣整齊的呼喝聲，那是士兵們在訓練，家家戶戶冒出陣陣炊煙。李清從窗臺上抓起一把雪，按在臉上揉了揉，讓仍然有些頭痛的腦袋稍微清醒些。

他心裡自責道：這幾天太放縱了，他擔心自己會懈怠下來，眼下萬里長征還只走了第一步呢！

門前的平地上，親衛們早已將雪掃開，楊一刀和唐虎等親衛們正在那裡操練武術，雖然天很冷，但這群漢子都是脫得只穿一條犢鼻褌，身上兀自冒著騰騰熱氣，大聲吆喝著練習。

對於一般士兵的操練，李清並沒有太高的個人要求，著重的反而是戰場紀律及悍不畏死，勇往直前的精神，但對於自己的親衛，自然是功夫越高越好，這群漢子本來便是從軍中精選出來的，再加上楊唐二人每日督練甚勤，面貌一日勝似一日。

抓起衣服三兩下穿好，琢磨著自己應當去哪裡，是去新建的校場看新兵整訓呢，還是去許雲峰那裡看授田工作好呢！

對許雲峰與路一鳴兩人，李清十分滿意，兩人不愧是內政好手，自己只約略提個想法和思路，短短的時間內，兩人就拿出切實可行的方案和步驟。

打開臥室門，一陣涼風吹來，李清不由打個哆嗦，伸手緊緊身上的衣服，不由苦笑一聲，這該死的時代，居然連綿花都沒有，填充在這夾衣中的也不知是些什麼東西。

看到李清出來，一眾親衛都湧上來行禮，李清笑著擺擺手，示意他們去做自己的事，親衛們見將軍在，更加賣力起來。

楊唐二人不敢怠慢，套好衣裳便侍立在一側。

「大人準備出去走走？」楊一刀問：「還是讓我等侍候大人用過飯後再出去吧！」

李清笑道：「這個時候了，等下我們去軍營和士兵一起吃！」

唐虎欽佩地道：「將軍，你真是體恤士兵啊，我唐虎當兵這麼多年，從來沒有看到過堂堂的參將與小兵們在一起吃飯的。」

李清道：「這有什麼好奇怪的，別忘了，不久前，我也還只是個小小的雲麾校尉，如今連你們也是振武校尉了。」

唐虎咧開大嘴笑道：「就是，那時瞎了一隻眼，本以為活不長，但咱運氣好，居然碰上了將軍，不但活了下來，還官運亨通，從此以後，我唐虎這條命便賣給將軍了。」

楊一刀深有同感，那時的他也是自忖必死，能有今日之遇，每每夜深人靜時想來，都覺得有些不可思議。眼下他已將老婆兒女都接了來，一家人其樂融融，心中更是感念李清。

三人邊說著閒話，邊向老營那邊走去，走的一陣，耳邊忽地傳來一陣童子琅琅的讀書聲，李清不由大為奇怪，「這是哪裡的讀書聲？」

楊一刀笑道：「將軍這幾日忙得很，因而不知。這是許縣令的命令，老營裡童子甚多，便建了一個學堂，請了兩個先生在那裡教童子們念書呢！現在營裡物資充足，這些童子不必像以前那般去掏洞摸雀了，許先生說，要給這些小野馬拴上一個籠頭，過些年，這些人便能成為崇州的希望！」

李清連連點頭，想不到許雲峰還有如此先見卓識。

這年頭，讀書是件很奢侈的事，不說別的，單是筆墨紙硯，一般百姓如何消耗得起？眼下崇縣有錢了，倒是可以由縣裡出錢，讓這些童子啟蒙。

「前些日子組織縣衙班底，凡是識字的人都被選到了縣衙和營裡，這教學生的先生又是從哪裡請來的？」李清納悶地問。

唐虎聞言，哈哈笑道：「將軍有所不知，這兩個『先生』卻不是先生。」

「這是什麼意思，什麼先生不是先生？繞口令一般。」李清更糊塗了。

楊一刀在一邊補充道：「這兩個『先生』是女的，將軍。」

李清吃了一驚：「女的？女的也識字？」

楊一刀笑道：「將軍，說來也是熟人，您道那兩個女子是誰？便是我們在完顏不花的金帳裡救出來的那兩個女人，不想居然識文斷字，許縣令說，這兩個女子必然出身不凡。」

「哦，她們叫什麼名字？」李清不由來了興趣。

「兩人是一對姐妹花，姐姐叫清風，妹妹叫霽月，大人，您要去看看嗎？我瞧那兩個女先生學問挺不錯的，特別是姐姐清風，雖然咱是大老粗，但我看她寫的字瞧著就是漂亮，我也將姑娘送去那裡念書了呢！」楊一刀呵呵笑道：「要是我家那野丫頭也能識上幾個字，那將來不是更能找個好人家了嗎？」

李清有些啼笑皆非，這楊一刀，虧得自己還正想讚他送姑娘去念書呢，沒想他是為了這個！

不過他對兩女倒是來了興趣，這時代，讀書不易，女子讀書更是不易，如非官宦大家或豪門世族，斷斷是不會讓女子念書的，可這兩人為何不回家，反而要在這崇縣受苦呢？

第八章
露天煤礦

李清手舞足蹈，將煤炭的眾多好處說給大夥兒聽，末了，總結道：「這是上天賜給我們的禮物，哈哈哈，聽那吳四娘所說，那還是一個露天煤礦，連開採都省了，直接去挖。」

眾人都是半信半疑，「將軍，真有此事？」

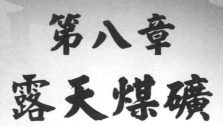

說話間，三人已到了一幢木屋前。

也許是為讓童子們讀書更清靜些，這房子選的地方離李清住的房子不遠，戒備森嚴，不時便可看到有巡邏的士兵走過。

李清心中讚了句許雲峰果然心細得很，連這樣的細微之處居然也考慮到了。隔著窗戶看去，數十個孩子坐在小板凳上，兩手放在膝上，睜著骨溜溜的眼睛，目不轉睛地看著坐在上首的女先生。

兩個女子，一人手持書卷，正抑揚頓挫地領著孩子們誦讀，另一個坐在一側，正在紙上抄寫，想必是給孩子們拿回去臨摹的手稿。

屋中生著火，正必必剝剝地燒著，使屋內有了一點暖意，配上孩子們朗朗的讀書聲，李清忽地生出一種自豪感來。

李清站在窗戶邊，透過窗櫺看著那女子，那日匆匆一瞥，只留下一個大概的印象，今日隔窗細看，不由大是讚賞，原來書上所講的國色天香是真的有，女子雖然沒化妝，也沒有刻意地打扮，一身麻布粗衣，長髮也只是草草地用一根細繩繫著，任由它隨意地垂在腦後，但膚白如玉，唇紅齒白，聲音宛轉，雖然坐在那裡，也不能掩蓋那婀娜的身材，而背對自己的另一女子，兩人既是姐妹，想必容貌也是不差。

當真是紅顏薄命啊，李清不禁嘆了口氣，如果不是這場兵災，兩個女子正該在深閨之中憧憬美好的未來，又如何會在這天寒地凍的時刻如此辛苦！看那抄書的女子手凍得通紅，不時放下筆，將手放在嘴邊呵氣，忍不住大起憐香惜玉之心。

李清的這聲嘆氣雖然聲音不大，卻恰好在童子們念書停頓的時刻，便顯得格外清晰，讀書的女子抬起頭來，看見窗戶邊的李清，頓時一驚，對童子們說：「孩子們，今天的功課就到這裡，大家去領了臨摹帖子回去練習，明天老師可是要檢查的。」

童子們一聲歡呼，畢竟年紀都小，還是貪玩的時刻，見先生發了話，便迫不及待地一個個去領了臨帖，大呼小叫著奔出門去。

見孩子們散去，李清跨進房中，兩個女子迎了上來，「李將軍！」兩人深深地福了福。

李清打量那抄書的女子，果然也是漂亮之極，與那誦書的女子長得極象。

「小女子清風，這是舍妹霽月，見過將軍。」

楊一刀與唐虎守在大門口，房中便只剩下了李清與那清風霽月三人。

李清打量著這間簡陋的學堂，雖然簡單，但經兩個女子佈置後，顯得頗有書香之氣，側臂上掛著幾幅字，囊括了常勝營好幾個高層如路一鳴、尚海波、許雲峰都題了字；另一邊有幾幅沒有落款的，字體雖然柔弱，但清新脫俗，亦有可觀之處，想必是清風霽月自己寫的了。

見李清的目光落在自己寫的條幅上，二位姑娘神情有些局促，曾聽聞這位將軍大人不像一般的莽夫，是個文武雙全的世家子弟，在定州曾以一詩一詞折服了有名的青樓名妓茗煙，不由得心下惴惴。

姐姐清風臉上泛起紅暈，低聲道：「將軍見笑了，小女子信手塗鴨，怕汙了將軍法眼。」

李清一笑：「非也非也，我瞧這幾幅字各有千秋，尚先生的這幅大開大闔，筆間隱有兵戈氣息，若非我熟知他，會以為是個久經沙場之人寫的；路先生每每行筆之間都留有餘地，意猶未盡，倒也符合路先生小心翼翼的性格；而許縣令這一幅力道頗足，筆間規整嚴密，一絲不苟。這幾幅是兩位姑娘寫的吧，雖說腕力略有不足，卻勝在秀麗，都說字由心生，看字便可知一人性格，古人誠不欺我也！」

清風看著李清，心道：都說這位將軍是個儒將軍，倒真是不假，口中回道：「將軍法眼如炬，清風甚是佩服。」

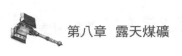

一邊的霽月比清風要活潑些，「曾聞將軍一詩一詞折服『樂陶居』名妓茗煙，不知我姐妹二人能不能有幸一睹將軍墨寶？」

李清打量著姐妹兩人，許是年輕些，霽月已似從那場劫難的苦痛中走了出來，眉梢間多了些喜色；清風則不然，雖是強作歡笑，但眼睛深處難掩那一絲痛苦之色。

「好，既然來了，便為這些童子們留下一幅字。」

李清有心打探姐妹倆的身世，看看有沒有可能為她們開解一番，倒是不介意寫一幅字。

霽月歡喜雀躍地準備好筆墨，將紙鋪好，用期待的目光看著李清。

李清走近，凝神片刻，驀地提起筆來，筆走龍蛇，寫下兩行大字：

「書山有路勤為徑，學海無涯苦作舟！」

一氣呵成後，又在後面署上自己的大名，這才道：

「這些時日忙於軍務，從未提筆寫過字，有些生疏了，兩位姑娘是行家，不要見笑。」

清風和霽月卻不作聲，只是盯著李清的這幅字。

李清寫的是顏體，筋骨峻然，這種字體尚不見於大楚，被茗煙奉為至寶，小心收藏。

「哇！」霽月半晌才讚嘆出來，「大人真是寫得一手好字，姐姐，先前家中的許多字帖也不見得有將軍這字寫的好啊！」

李清心中一動，看來兩人真是久讀詩書的官宦人家女兒。

李清大馬金刀地坐在火邊，反客為主地道：「今日無事，正好與兩位姑娘聊聊！」

清風霽月側身坐下，清風臉上寫滿了不安。她心中自是清楚，姐妹二人都是花容月貌，但也正是這容貌惹了禍，不知李清今日來此是有意還是無意。

自從身遭不幸，她早已心如死灰，她本是心高之人，無意再委身侍人，只想平平淡淡，隱姓埋名過完一生便了，如果李清心中有別的想法，自己該如何處之？

眼下姐妹倆已是有家歸不得，**如果這李清有什麼別的想法，二人將何去何從？天下之大，何處又是她們容身之所？**

清風想著心事，霽月卻是興奮地道：「將軍真是寫得一手好字，但不知是臨何人的帖，我從未見過？」

李清笑道：「只是自己胡亂寫些罷了。」

一聽這話，霽月臉上更是寫滿了佩服，一雙漂亮的眼睛眨呀眨的看著李清，眼中滿是小星星。

清風想著心事，邊從柴火邊拿起陶罐，在一個粗瓷杯子裡倒上熱水，細聲道：「學堂簡陋，將軍喝杯水吧？」

李清接過水杯，卻沒有喝，透過嫋嫋升起的蒸氣，若有所思地出神片刻，忽地道：「兩位姑娘家學淵源，想必不是普通人家吧？」

話一出口，清風和霽月都是面色驟變，變得蒼白不已，低頭不語，便連活潑的霽月也垂下頭去。

「既然已從蠻族逃了回來，為何不回家去呢，想必家中父母已是望眼欲穿，為何要蝸居崇縣受這苦楚呢？」李清道。

房內死一般的寂靜，半晌，清風才艱難地抬起頭，道：「我姐妹二人身遭劫難，清白喪失，又如何歸得家去？」

好不容易才忘卻的傷疤又被人生生地揭開，好不痛苦，偏生問這話的人又是不能得罪的人，清風只覺得心中如刀割一般，淚水噗娑娑掉下來，霽月更是雙手掩面。

李清奇怪二人的反應，反問道：「為何歸不得，大難不死，家中父母必是大喜過望，翹首以盼。」

清風霍地抬起頭，眼中帶著憤怒，這位李清李參將也是大富大貴之家出身，難不成不知道原因麼？但看李清一臉的真誠，卻又不似作偽，一時不知該如何是好，半晌方才嘆道：

「將軍難道不知我姐妹二人清白已失，便是回到家中，等待我與妹妹兩人的只有三尺白綾，一杯鴆酒而已！」

李清這才醒悟，自己終究是現代人的心理，忘了這個時代將女人的貞節看得何等重要，如果是普通人家倒也罷了，窮人難得娶一個妻子，只要活著回去便好，但越是富貴之家，越是看重這事，難怪姐妹二人只能屈居於此。

這萬惡的舊社會！李清心中狠狠地罵了一聲。

「是我孟浪了。」李清道歉，「既是如此，二位姑娘就算不回家，也可託人捎封信，報個平安吧！」

清風垂頭道：「昔日已死，清風霽月已忘了過去，只想平靜地在這裡生活下去，便是捎信回去，也不過徒增家門之羞而已，還望將軍垂憐，收留我們。」

李清無語，心道若真是捎信回去，那家說不定會派人來將她姐妹二人逼死。

「既如此，你們便安心的在這裡住下來吧。忘掉過去，重新開始新的生活，相信你們一定會有好的歸宿的。」

李清感到自己的言語有些蒼白無力，看到兩個薄命紅顏，心裡不由一陣惋惜，關心地問：「你們住在這裡麼？」

清風道：「是，許大人安排我二人在此教授童子啟蒙，住所便在後面的小屋，只是居所簡陋，不便讓將軍前去。」

李清擺擺手道：「你們若差什麼東西，只管找我，一刀，回頭看看兩位姑娘缺什麼，給兩位姑娘備好送來。」

門口的楊一刀大聲應道：「是，將軍！」

清風感激地道：「謝謝將軍。」

李清心中忽地一動，道：「你二人甚有才學，如今崇縣識字之人太少，我的參將府說來讓人笑話，眼下除了我卻沒什麼識字之人，你二人每日也只是教授半日課程，不知可否願意去我參將府為我打理一下文書，這些事頗為繁雜，讓我很是頭痛，卻一時間找不到人手。」

他想的是兩人如果有事做的話，可緩解心中的苦痛。

清風霽月對視一眼，沉吟片刻，清風道：「如果將軍不嫌棄，我二人願意去為將軍分憂，就怕學識淺薄，誤了將軍的事。」

李清見二人答應，心下歡喜，道：「如此甚好，那就這樣吧，你二人上午在這裡為童子啟蒙，下午便去我那裡處理一些文書，楊一刀，將這事通報給許大人。」

從清風霽月那裡回來後，李清一連幾天心情都有些鬱悶。

定州是邊州，每年都要遭受蠻族掠邊，無數百姓被掠走，家破人亡者數不勝數，像清風等人算是福大命大，幸運地被救了回來，想到還有更多的人尚在草原被奴役，他心中便堵得慌，說到底，還是沒有一支強軍能震懾邊關啊！

蠻族必須平定！李清心道。否則邊關不靖，自己如何有餘力做其他的事情！

蕭遠山？李清冷笑一聲，指望他來做這事是緣木求魚，能守成便不錯了，苦心經營的定州軍一朝被毀，現在的定州軍戰力更是大不如前，只怕蕭遠山根本沒有出塞作戰的勇氣，想到這些，李清謀奪定州的心情便更迫切了。

精赤著上身的李清揮舞腰刀，在雪地上打熬筋骨，剛開始的徹骨寒意此時已被騰騰熱氣替代，一塊塊健壯的肌肉昭示著他過人的精力。

隔著窗櫺，霽月看著李清矯健的身姿，轉頭問清風：「姐姐，你覺得李將軍是個什麼樣的人？」

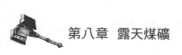

清風沈吟道：「看不透，但我知道，他非久居人下之輩，這樣的人，除非沒有機會，否則便如同鮫龍入海，鯤鵬上天，必將扶搖直上。」

「姐姐，你說李將軍將我們安排在這裡做事，一應供應如同他手下那些重將謀士一般，該不會是？」臉紅了紅，偷偷地瞄了眼清風，「該不會是看上你了吧？」

清風心中微微一震，見妹妹臉色潮紅，眼色迷離，心知妹妹對李清動了別樣的心思。至於自己，早已對這些事心如死水，見妹妹陷了進去，便想趕快讓妹妹脫身而出，以免日後妹妹受到傷害。

「妹妹，休要亂想，李將軍仁人之心，見你我身世堪憐，這才伸手相助，何況李將軍可是堂堂李氏門下，雖非嫡出，卻也是貴不可言，他的婚姻，豈是一般人能相配的！」

霽月臉色有些蒼白，想起與李清之間巨大的鴻溝，更別提自己已是殘花敗柳之身，不禁身形搖搖欲墜。

看到霽月的神情，清風有些不忍，但隨即硬起心腸，只有早些打掉妹妹這不切實際的幻想，才是對妹妹有莫大的好處。

看到妹妹轉身回到書案前，埋首於紙堆卷宗之中，清風轉頭向外看去，見李清已是穿戴停當，在唐虎和楊一刀的陪伴下正向老營那邊走去，不由長嘆了口氣。

門輕輕被推開，一個中年女人端著一個燒得正旺的火盆走了進來，正是楊一刀的老婆楊周氏。

楊一刀將家眷接來後，便讓老婆在李清這裡做些粗活。

她老婆也是貧苦出身，身材頗為高大，一雙手上老繭層疊，顯見是做慣了苦活的人。與清風霽月那羊脂凝玉般的皮膚比起來，當真是天壤之別。

楊一刀不是嘴雜之人，楊周氏不知道二位姑娘的身分，但在她的心裡頭，認為能在將軍書房裡做事的人，自是將軍的心腹，這兩位姑娘花容月貌，肯定與將軍的關係不一般，是以平時侍奉的格外小心。

「兩位姑娘，這是將軍臨走時吩咐奴家準備的，說天氣冷，兩位姑娘身體弱，又要整理這些繁雜文書，怕受了寒。」將火盆放在房中間，搓了搓手，楊周氏恭敬地道。

「多謝楊嫂子！」清風不敢怠慢，這女子雖說不過是個農婦，要是以前，清風只怕都懶得看上一眼，但時至今日，境遇已是大大不同，自己不過是落難女子，有家難回，寄人籬下，但這個農婦卻是李清心腹愛將的妻子，彼此間的地位已是天翻地轉。

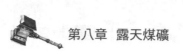

老營，許雲峰的臨時縣衙。李清正聽著許雲峰的彙報。

「將軍，眼下正是冬閒，除去新兵訓練外，我們還有大量的閒置勞力，不利用起來，讓他們天天白吃白喝也不行，我有意趁此良機在崇縣大興土木，不知將軍意下如何？」

「此意甚好，只是不知許縣令想先做些什麼？」李清點頭稱是。

「其一，當然是重修崇縣，原來崇縣已被燒成一片白地，但磚石都還在，重建起來也容易；還有，將軍的參將府、縣衙這些地方都要優先重建起來，官衙乃官府威嚴所在，現在這樣子，實在是有些不成體統。」

許雲峰的這個建議卻與李清的想法有些出入，李清搖搖頭道：「崇縣當然要重修，但當務之急卻不是官衙。」

李清指向外面一幢幢的簡易木屋和一片片白花花的帳篷，道：「先修老百姓們的房子吧，一批批的安置。至於官衙，不妨放到最後。」

路一鳴接口道：「將軍心懷百姓，這番心意讓人生敬，官衙放在最後倒也無妨，不過，我認為現在最重要的事情，還不是住。」

李清與許雲峰二人都有些詫異，「那先生的意思？」

路一鳴不慌不忙地道：「這些時日，我查了一些資料，也問了一些本地的老人，這崇縣地不多，而且還有一樣弊端，關係到我們日後的生存，不可不防。」

李清一驚，關係到日後生存，這可是生死存亡的大事，「路先生請講！」

許雲峰神色也鄭重起來，與路一鳴相處了這些日子，自是知道此人才幹，當不是大言不慚之輩。

「崇縣地少，卻十年九旱！」路一鳴道：「如今雖然我們有足夠的糧食撐得到明年秋收，但明年之後呢？崇縣地本少，如果再因為乾旱而歉收，那可就糟了，我們不能指望每年都有李氏支撐啊！」

李清霍然而醒，「路先生說得不錯，我們現在的當務之急應是興修水利。」

他站了起來，在屋裡來回踱著步，道：「今冬雪多，崇縣雖然多山，但山間溪流也不少，我們可擇地築壩，建一些小水庫，明天春暖之時，積雪融化，再加上山間溪流的積蓄，便有足夠的水源，再修渠於田間灌溉，可保我崇縣豐收！」

說到這裡，李清兩手一合，「許縣令，此乃當務之急，馬上安排上去。」

許雲峰點頭，「我馬上就著手安排。」

三人又商議了一會兒細節，外間卻又下起雪來。

看到飄飛的雪花，李清擔心道：「如此天氣，動起工來不知會不會有些困難，要是有什麼傷病，便非我所願了。」

許雲峰道：「將軍多慮了，只要向百姓說清原委，百姓們也是通情達理的。這個冬天不幹活，明年就要挨餓，都是些餓怕了的人，哪肯不賣力幹活？再者，只要多備些薑茶熱湯，在外幹活也不是不可以的。」

李清嗯了聲，「許縣令多多費心了。」心神不寧地看了眼越來越大的雪，對路一鳴道：「路先生，不如你陪我去老營看一看，一連下了這麼多天的雪，眼見著舊雪還沒有化，新雪卻又開始下了，我有些擔心百姓的房子會被壓垮。」

兩人走出房子，不禁身子一縮，李清還好些，畢竟長時間進行體力鍛鍊，抗寒能力比路一鳴一介書生要強得多，身材本就單薄的路一鳴頓時打了個哆嗦。

風夾著雪花，漫天飛舞，十步之外已是不見人影，二人在楊一刀等親衛的簇擁下逆風而行，幾欲睜不開眼，風鼓得身上的衣裳如風帆一般向後揚起。

「將軍，今天風雪太大，還是先回去吧，等風雪小些再出來不遲！」楊一刀大聲地對李清道。

李清搖搖頭，「無妨，越是風雪大，我們越是要去看一看，如果哪裡有問題，便可以馬上處理好，如果等出了事，那我再去又有什麼意義？」

楊一刀眼見無法阻止，只得與唐虎頂在李清的前面，儘量用自己的身軀擋住撲面而來的風雪。

看到兩人的模樣，李清笑罵道：「幹什麼？當我是不禁風雨的娘們麼？讓開！」伸手撥開二人，大步向前。

身後的路一鳴看到李清一副義無反顧的模樣，心中不禁想道：將軍這邀買人心的舉動甚好，想想在這樣的風雪天，最高長官出現在百姓面前，那些老百姓會有什麼感受！只怕平時對百姓沒有什麼恩惠的官員也會贏得交口稱讚，更何況將軍是崇縣數萬百姓的活命恩人?!

李清當真與一般的世家子弟大不一樣，如果是一般的世家子弟，這樣的風雪天，只怕不是錦被高臥，便是小火爐，溫美酒，擁美人，吟詩歌吧！

這很可能與將軍的出身大有關係，將軍少小離家，想必是嘗盡了人間艱辛，這才如此關心民間疾苦啊。

路一鳴不由想起歷史上的一些偉人，念頭一起，嚇了一跳，趕緊將其掐滅，只是望著李清寬闊的背影時，眼中多了一些熱切。

雖然風雪極大，但老營中仍有不少人，大都是些鄉老村老們，正在叫人用長長的芭籬清理著浮雪，只是前些日子落下的雪已被凍得甚是結實，雖然奮力除雪，也只是將剛落下的浮雪扒落而已。

一個鬢髮皆白，正在指揮眾人扒雪的老人大聲喝罵道：「幹什麼，才幹了這一會兒便覺得累麼？真虧將軍一天兩頓乾飯餵得你們！」

劈頭蓋臉的臭罵中，忽地覺得眾人眼神有異，不由回過頭，陡地看到李清正含笑站在他身側，不由大驚。

「參將大人，這麼大的雪，您怎麼來了？」當下便跪了下去，「見過大人！」見到老人跪下，鄉民們亦反應過來，紛紛跪了下來，「見過將軍！」

「快快起來，快快起來！」李清一把將老人拉起，又向眾人喊道：「大家快起來幹活吧，要是雪堆得太多，可是麻煩！」

「老人家，這屋住著還行？」李清含笑問道。

老人有些激動，李清對於他們而言，是高高在上的人物，是大官，也是他們的活命大恩人，這些日子，已有不少的百姓家裡做了李清的長生牌位，在屋裡供了起來。今天與李清如此近距離的相處，讓他幾乎疑似在夢中。

「謝謝將軍大人，這屋很好，很好！」老人語無倫次，「這個冬天比往年都冷，要不是將軍來了，我們不是餓死也會凍死的。」

李清笑笑走近那些粗木搭建的簡陋建築，看了看，不由皺起了眉頭，顯然是為了趕工，這些木屋雖然建得還算結實，但有些木頭之間還有很多縫隙，風夾著雪花，從縫隙中灌了進去，可想而知房中的溫度。

他踏進房內，雖然比外邊好一點，但仍然冷得讓人發抖，房中儘管燃著火盆，但顯然是杯水車薪，無濟於事。

看到李清皺著眉頭，路一鳴解釋道：「建房子的時候太急，當時也想著這只是臨時建築，便沒有太仔細，也沒有考慮到這個冬天會如此寒冷，這是我們的失誤，回頭我會派人進行補強，一定不讓一個凍死凍病的。」

「嗯！」李清點點頭，「如果人手不夠，可以讓尚海波從軍營中調人，雪下這麼大，士兵們也不能訓練，正可以找點事讓他們做。」

一邊聽得真切的老人感激涕零，多少年沒見過這麼好的官了！不知說些什麼好，只是一個勁地打躬，「謝謝將軍大人，我代大夥謝謝將軍大人！」

李清笑道：「老人家，無需如此，我們為官一方，自然要讓百姓安居樂業，否則要我們幹什麼？」

老人抹著眼淚，一邊點頭一邊想，話雖如此，但這麼多年來，何曾有一個官是這麼做的啊，雖然崇縣有許大人，但那時許大人還不是縣令啊！

正唏噓間，外面忽地傳來一陣喧鬧，楊一刀面色一變，大踏步走過去，門板一般的身材堵在門口，只見風雪中一群人正慌亂地奔過來，邊跑邊大喊大叫著。

「出什麼事了？」楊一刀心頭一緊，手已是按在了腰刀上。

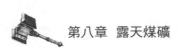

「這位大人，那個叫喊的是我們村的，我認識！」老人看到楊一刀將腰刀拔出了半截，趕緊衝上來道。

「虞老三，你狼嚎個什麼，是你屋子著火了還是塌了，這麼驚慌失措！李將軍在這裡，驚了李大人的駕，你吃罪得起麼？」

虞老三聽了老人的話，一抬眼果見那個侍衛身後站著的正是參將李清大人，雙膝一軟，跪在地上，叫道：「鄉老，不好了，吳四娘家出事了。」

「出什麼事了？」老人見李清沒有怪罪的意思，問道。

「鄉老，您知道，吳四娘在我們村伙房裡做事，但今天到了要做飯的時候卻一直沒去，便有人去找她，卻沒人回應，反而在她屋外聞到了獸炭的味道。」

「什麼？」老人臉色大變，「吳四娘她……她怎麼會燒獸炭，那是有毒的。」老人跳腳道。

「吳四娘一個女人家，砍不了那麼多柴，想是冷極了，便去撿了獸炭來燒。」

「獸炭？是什麼東西？」李清轉頭問路一鳴。

「是一種黑色的石頭，可以燃燒，但散發出來的煙卻有毒，沒有人敢用這個來取暖。」路一鳴解釋。

李清心裡一跳，「黑色的石頭，獸炭？該不會是煤炭吧？」當下拔腳便走，

「快！帶路，我們去看看。」

在虞老三的帶領下，一行人匆匆來到吳四娘的家前，小小的木屋門外已圍了一大群人，但都隔得遠遠的，見參將大人來了，立即呼啦啦地讓開一條路。

李清走到小屋前，見小屋牆壁的縫隙被堵得嚴嚴實實，湊到門前一聞，一股熟悉的味道撲面而來，不由心中一陣狂喜，果然是煤炭的味道。

「把門撞開！」李清吩吩。

「大人，獸炭有毒！」楊一刀臉色緊張。

「撞開，有毒沒毒我還不清楚麼？」李清喝道：「撞開，救人要緊！」

楊一刀看到李清聲色俱厲，不敢遲疑，身子一撞，將門撞開，一股濃烈的味道撲面而來，楊一刀捂住口鼻，趕緊倒退幾步，接下來的一幕卻讓他魂飛魄散，李清居然大步闖了進去。

「大人不要進去！」他伸手想拉，卻撲了個空，李清已是走到了屋內。

「大人！」外面旁觀的百姓都是失聲驚呼，睜大眼睛看著屋內。

房間內還有一股濃烈的煤炭沒有燃燒完全所發出的味道，石頭壘起的簡易爐灶裡，一堆白色的粉末中夾著幾塊半白半黑的石頭，在牆腳，還有一堆沒有用完的黑色石頭。

果然是煤炭，李清心中一陣狂喜，卻見床上一個半大的孩子躺在那裡，床腳下倒著一個中年女人，臉色青紫，果然是一氧化炭中毒的癥狀。

當下也顧不得其他，先把將那孩子抱起來，衝到屋外，在眾人的驚呼中，又衝回屋裡，將女人也抱了出來。

「快去找恆大夫！人還沒死！」看著呆若木雞的楊一刀等人，李清厲聲喊道。

吳四娘母子二人也是合該命中有此一劫，本來那屋建得甚是粗陋，縫隙頗多，如果這樣燒炭，倒也不虞有危險，偏偏她很細心地將那些縫隙都一一堵上。只是技術不佳，密封的效果不是太好，才讓母子二人留下一條性命。

待女人清醒過來後，才問得女子曾見過有人在野外燒過這獸炭取暖，也不見有什麼危險，這時凍得急了，偏偏家裡柴禾燒完了，兒子又凍得直叫，便去拾了些獸炭來。

原來是撿來的，而且離這裡還不遠，李清心花怒放，見吳四娘母子已平安無事，便在鄉民們敬畏的眼光中帶著眾親衛回到自己的參將府。

一進門，楊一刀與唐虎便噗通一聲跪倒在地，將迎出來的清風與霽月嚇了一跳。

「這是幹什麼？」李清不解其意，問道。

這時楊一刀的婆娘也過來，看到自家男人跪在地上，也是大為緊張，不知他犯了什麼錯，絞著手站在一邊，不敢言語。

「將軍，我等該死，不該讓將軍進那危險的地方，即便要進去，也應是我們進去才對。」楊一刀低頭道：「我們居然讓將軍親身冒險，這是死罪！」

恰在此時，尚海波、王啟年等人都趕了過來，一見跪在地上的楊一刀和唐虎，尚海波怒衝衝地上前，劈頭便是一人一個大耳刮子。

「兩個混蛋，你們是怎麼當親衛的，竟然讓主公親身犯險，混帳東西，要你們何用？」

尚海波一向波瀾不驚的人，李清還從未見過他如此氣急敗壞的樣子，一時都看傻了。

唐虎和楊一刀兩條大漢，此時被尚海波痛毆，居然一聲不吭，只是跪在地上，也不辯解，任由尚海波處置。王啟年三人雖與楊一刀等交情不錯，此時也是一臉不滿，側著頭，也不上前相勸。

看到自家男人被痛打，楊周氏雖然不明原因，但也知道一定是自己的漢子犯了大錯，不然尚先生一個彬彬書生為何如此狂怒痛打他，嚇得嚶嚶地哭了起來。

這一哭倒將李清驚醒了，趕忙跳起來去拉尚海波，費了九牛二虎之力才將尚海波拉到一旁。

「我說尚先生，這是發的什麼火啊？」李清又好氣又好笑。

餘怒未息的尚海波仍舊指著楊一刀痛罵道：「你們這兩個該死的夯貨，真不知主公養你們做什麼的。」轉過頭看到李清，又責備道：

「將軍，千金之子，坐不垂堂，您為了兩個百姓將自己置於險地，這是不智！將軍若有什麼意外，置崇縣數萬百姓、常勝營數千百姓於何地？這是不義！將軍高堂尚在，如有不測，這是不孝！**不忠不孝不義，將軍，你何以自處？**」

李清瞠目結舌，想不到救了兩個煤氣中毒的人，反讓尚海波扣了這麼大一頂帽子來，有些不以為然地道：「這有什麼？尚先生，你反應太過度了吧，我這不是好好的嘛？」

看到李清仍是嘴硬，尚海波一陣氣苦，他蹉跎半生，好不容易找到一個賞識他的人，正想輔助他一展身手，想不到這人竟如此不知自愛，熱血不禁上衝，臉脹得通紅，噗通一聲跪倒在地：「將軍，請你自珍自愛，以崇縣百姓為念，萬萬不能再讓自己身處險地。」

尚海波身後，王啟年三人一字排開，跪在地上，齊聲道：「請將軍答應。」

說話間，又跑來兩人，是許雲峰與路一鳴，一見此情景，也立馬跪了下來。

李清被搞得哭笑不得，只得道：「好，好，我明白了，以後決不再犯。大家都起來吧！」

尚海波卻是不動，接著道：「楊一刀、唐虎身為親衛，不能替主避險，更未替主赴死，敢請將軍處罰，以儆效尤。」

還要處罰這兩個傢伙？李清遲疑道：「這個就不必了吧？」

「將軍，無規則無紀，無威則不立，他二人雖與將軍親厚，但也不能有錯不罰。」尚海波絲毫不肯妥協。

「那，那就罰他們二人，二人……」李清實在想不出要罰他們什麼。

「依律，此二人當責軍棍八十。」尚海波道。

「八十？」李清也傻了，這八十棍打下去，怕不要了這兩人的命。

「太重，太重，算了，尚先生，這二人一向做事用心，這一次就算有錯，也沒有如此嚴重，這樣吧，就打十棍，其他的暫且記下如何？」

看到一臉憤然的尚海波，李清只得退讓一步。

「恩出自上，既然將軍要饒他們，我也沒什麼話說。來人，拉出去，一人十棍，仔細打，要是徇私，連你們一起罰！」尚海波這才罷休，一迭連聲地吩咐外面的親衛。

兩個親衛被拉下去打板子，李清將眾人讓進自己的書房，清風霽月知道各位大人有要事相商，便知趣地退了下去。

「各位，可曾認識這獸炭嗎？」李清神秘地道。

「獸炭何人不知？」尚海波不滿地道：「也就只有大人敢衝進那有毒的地方救人，雖然讓百姓更加認可大人，但此類事絕不能再有了。」

「非也非也！」李清手舞足蹈，「這獸炭是好東西啊，好東西！」

「好東西？」眾人不解。

「是這樣的，」李清決心好好地解釋一番，「大家知道，我早年離家出走，也曾燒過獸炭，聽人講，獸炭還有一個名字，叫煤炭，本來是沒有毒的。」

啊！眾人都張大嘴巴，一齊看著李清，獸炭有毒，是世人皆知的事，將軍為何如此說？

「這個煤炭，哦，獸炭。本身沒有毒，只是在燃燒過程中，會產生一種有毒的氣體！」李清耐心解釋道。

「這不還是有毒麼？」尚海波不滿地道。

「但是這個毒不要緊，只要通風好，不大量吸入，對人體不會造成任何危害，相反地，它能帶來巨大的效益，這點小事算什麼！」李清高興地道。

「有了這個，我們再了不用擔心受凍！有了這個，我們可以提高自己的冶煉水準，煉出更好的刀劍！有了它……。」

書房中，李清手舞足蹈，將煤炭的眾多好處說給大夥兒聽，末了，總結道：**「這是上天賜給我們的禮物**，哈哈哈，聽那吳四娘所說，那還是一個露天煤礦，連開採都省了，直接去挖。」

眾人都是半信半疑，「將軍，真有此事？」

「當然！」李清正色道：「像吳四娘這種情況，早年我也碰到過，只要處理得當，根本就不會發生。」

尚海波質疑道：「如果真有這許多好處，倒也是一樁好事，不過將軍，您真有把握排除那毒嗎？」

李清撇嘴道：「如何家用，當然有一些處理措施，比如排煙管道啊等等。算了，等下我畫一張圖，你們就知道這個燒煤的灶怎麼做了。」

第九章 聚寶盆

李清興奮道：「雞鳴澤方圓數十里，我們只挖靠近我們的一小部分，挖走了這些淤泥，那空出來的，不就是天然的湖泊了嗎？我們可以養魚，可以養雞鴨鵝，這樣變廢為寶，原本什麼也不是的雞鳴澤將會成為我們的聚寶盆。」

待風雪稍停，李清便迫不及待地要去那露天煤礦瞧瞧。

尚海波不放心，讓王啟年調來一隊士兵，加上李清自己的百來名親衛，一行人浩浩蕩蕩地便出發了。

楊一刀和唐虎被打了板子，雖說只有十板，但在尚海波的關照下，這十板子可是結結實實，絲毫沒有水分，兩人一瘸一拐地跟在李清的馬後步行。

本來要他們去休息的李清看著兩人邊走邊齜牙的德行，笑罵道：「自找苦吃！」心裡卻受用得很，這兩人很是忠心啊！

「將軍，如果這獸炭真如您所說，那的確對我崇縣有莫大助益，只是這是真的嗎？」尚海波仍是不放心，一路上喋喋不休地反覆問著這個問題。

「當然！」李清拍著胸脯，「尚先生，到時我用事實向你證明。」

小半日工夫，一行人便來到吳四娘所講的椏子口，這裡離崇縣老營十數里地，只有一條崎嶇的山道蜿蜒盤旋在山間，眼下大雪鋪天蓋地，將那路也掩得不見，要不是有熟悉山路的嚮導帶領，怕李清一行人根本就摸不到這兒來。

「將軍，這裡就是椏子口，吳四娘就是在這裡撿的，這裡我們也知道，那種黑色的獸炭到處都是。只是這裡根本沒人敢撿回去燒。」

李清蹲下來，用手撥去最上層的浮雪，下面的雪已是被凍得極硬，他拔出腰刀一陣亂劈，雪花冰屑四濺，士兵們也各自用手中的武器撥開積雪，終於露出了堅實的地面。

「將軍，我找到了一塊！」

「將軍，我這裡也有！」

經過一陣亂七八糟的忙亂狀態後，李清的面前堆集了一大堆的塊煤，他撿起一塊細細打量，李清確認，這的確是煤炭，只是這一堆中有上好的塊煤，也有品相不好的夾石。

這種夾石不能充分燃燒，最易產生煤氣，想來那呂四娘不能分辨塊煤和夾石，一股腦地全拾了回去燒，又將小屋弄得密不通風，才導致煤氣中毒。

李清笑著一指地面，「給我將地面刨開！」

親衛們拿出準備好的鎬頭開始刨地，李清對尚海波道：

「尚先生，據我所知，這些獸炭都埋在地下極深之處，想要開採極難，很容易造成死傷，像這種露天的煤礦並不多見，可崇縣居然就有，真是大出我意料之外，不久的將來，崇縣必將因為它而騰飛。」

尚海波道：「如果真如將軍所言，能解決獸炭的毒氣問題，那的確是一大助力；這也許是將軍天命所歸，上天賜福吧，讓崇縣不僅有這東西，而將軍又恰恰知道它的用法。」

李清哈哈一笑，「什麼天命所歸，先生說得有趣，只不過是運氣好罷了。」

尚海波若有所思，眼下當然還談不上，但以後呢？

地面被凍得極硬，往往一鎬頭下去，只能挖開數寸深，不一會兒，士兵們身上便開始冒汗，而地面也被挖了尺來深。

「將軍，將軍，我挖出來了！」

一個士兵大叫起來，緊接著，更多的士兵叫喊道。

李清快步走上前去，看著翻開的泥土，已經變成了黑色，黑色的粉末中，夾雜著無數或大或小的塊煤，他抓了一大把在手中，將它捧起來，看著這黑色的煤塊，心中狂喜，果然是上天賜福啊，這麼上好的煤炭，離地居然只有尺來深。

看著李清陶醉地將那黑色的粉末捧在手中，甚至放到鼻間深深地嗅著，剛剛挨了板子的楊一刀不由大急，一步衝上去便打掉李清手中的煤炭，叫嚷道：

「將軍，這獸炭有毒啊！」

李清笑道：「不，這獸炭只有燒起來才會產生毒氣，現在安全得很。咦，楊一刀，有長進啊，看來尚先生一頓板子將你打得很不錯哦。」

身邊的親衛聽到李清沒有惡意的調侃，楊一刀一臉的尷尬，不由哄堂大笑起來，只有尚海波臉色不豫，從鼻孔裡冷冷地哼了聲。

「來啊，每個士兵都給我弄點回去。」李清下令。

崇縣，參將府。

尚海波看到忙得不停的工匠，心中仍是有些惴惴不安，低聲問正在監工的李清：「將軍，你確定沒有問題？真的可以解決它的毒嗎？」

李清已被尚海波反覆問這個問題搞得快要崩潰了，苦笑道：「先生，我說沒有問題便是沒有問題，這樣好了，在試用期間我決不進去，如此可好？」

尚海波這才滿意地點點頭，「如此最是穩妥。」

唉！李清長嘆一聲，眼下工匠正在按照李清畫的草圖在參將府內建地龍，搭火炕，連廚房的灶台也搭了起來，估摸再過個四五天便能用了。

士兵們帶回來的上千斤煤炭也堆在參將府的門前。

「老百姓不敢用，是因為不瞭解，以前沒有人用過，但如果我率先用起來，便能在百姓中起到推廣作用，那麼這個冬天，我們便不用受凍了。」李清對尚海波道。

「將軍心懷百姓是好事，但這種未知的東西有著不可預測的危險，以後最好還是不要由將軍親自來做，這些事交給下面的人就好了。」尚海波不忘叮囑李清。

這些天，崇縣的人都知道將軍要用獸炭來取暖，並聲稱有辦法解決獸炭的毒氣問題，數萬百姓的目光都聚焦在參將府。

地龍終於燒了起來，大炕也燒了起來，一陣難聞的氣味從排煙管道中傳來，參將府外圍觀的人群臉上不禁變色，紛紛後退。

李清不動聲色，楊一刀和唐虎緊緊地站在他身後，另一側，尚海波兩眼炯炯地盯著排煙管道。

不一會兒，那股怪異的味道慢慢消失，李清估摸這時地龍和大炕應當都燒完全了，便道：「好了，現在我們可以進去看看了。」

正想進去，楊一刀一個虎跳，搶在李清之前竄進了屋裡，唐虎則一把拉住李清，鐵鉗般的手夾住李清，讓李清動彈不得。

楊一刀的婆娘楊周氏，緊咬著嘴唇，神色緊張地看著屋內。

楊一刀跨進屋中，第一個感覺便是好暖和，屋內還泛著剛動工不久殘留的土腥味，然而那股難聞的毒氣卻是絲毫也聞不到了。

才待了幾分鐘，居然感到有些燥熱，他站在房中仔細體驗著。

一炷香時間過去，李清努力掙脫唐虎的手，道：「行了，現在過去這麼長時間，大家都知道應該沒有問題了，我們進去吧！」

說話間，房門打開，楊一刀出現在門口，滿臉紅光，「將軍，屋裡好熱呀！」

一群人湧進參將府裡，與外面截然不同的溫度讓眾人看傻了眼，這房中居然宛如春天啊！

時近年關，京城洛陽比平時分外熱鬧起來，街上已有了過節的氣氛，無論是販夫走卒，還是達官貴人，在這時候總要熱熱鬧鬧地攜家帶口，到市上採集一些年貨，商家們也卯足了勁，各顯神通。

大紅的燈籠滿街掛著，更有一些心急的已貼上了春聯，所有人的臉上都帶著笑容，終於要過年了。

天啟十年，整個大楚的日子並不好過，先是南方大旱，顆粒無收，衣食無著的百姓在等不到朝廷的救援後，悍然殺官搶糧，先是小規模的在鄉縣，接著便一發不可收拾，**猶如星火燎原，漫延到州府，整整三個大州被捲入這場動亂。**

雖然朝廷立即派軍鎮壓下來，但率先舉旗造反的頭頭呂小波與張偉卻消失無蹤，埋下隱患。接著便是蠻族入侵，定州軍敗。好不容易消停下來，又遇上百年難遇的寒冬，整個帝國陷入了寒潮，各個州府每日上京求賑的奏摺絡繹不絕，讓天啟皇帝焦頭爛額。

總算熬過了這艱難的一年，所有人都鬆了口氣，不管怎樣，還是先歡歡喜喜地過完這個年，興許年節的喜慶會沖散積聚在這一年來的楣運。

作為京城的百姓，對於帝國其他地方的苦難並沒有太多直觀的感受，他們獲得的消息一般都來自朝廷明發的公告，以及一些不完整的小道消息，是以對他們來說，天啟十年還是不錯的，收入沒有減少，朝廷也沒有加稅，依舊十分和諧。

相比於京城其他地方正歡天喜地迎接春節不同，桔香街卻顯得格外平靜，在別處都是人潮洶湧，這裡卻是行人極少，幾乎沒有什麼商鋪在這裡開門營業，偶有一兩家布莊酒樓，但一看門口站著的護衛，便讓閒雜人等統統回避了。

桔香街住的都是官員，而且不是一般的官員，能住到這條街的，都是達官顯貴；這條街上隨便一家府邸的主人跺跺腳，都足以讓大楚的地面抖上幾抖。

安國公李懷遠的安國公府便在桔香街的深處，沒有金壁輝煌的裝飾，也沒有在門前安排面目猙獰的護衛，甚至那朱紅的大門都有些陳舊，門上的銅環也顯得斑駁，但任何一個路過這裡的人都會向這扇門注目行禮，不為別的，就為這大門的深處那已經老態龍鍾，但仍是聲威顯赫的老人。

入了冬，李懷遠便感到身子有些不濟起來，格外的畏寒，雖然屋中燒著上好的香炭，他也裹著名貴的狐裘，但他仍然覺得有些冷。

「上了年紀，果然是不行了，這身子骨是一年不如一年啊！」接過丫環遞過來的手爐，李懷遠自嘲道。

「父親大人老當益壯，身子骨好著呢！」翼寧侯李思之側身坐在李懷遠下首，安慰著老父道。

他一直坐鎮在李氏的老巢翼州，由於時近年關，上京來給老爺子拜年，順便押送京城底邸過年所需的物資。

「是啊，父親大人龍馬精神，我瞧著比我們還要好上幾分呢！」壽寧侯李退之、威遠侯李牧之都附和著大哥的說法。

李懷遠大笑起來，「你兄弟三個淨說些討我喜歡的話，罷了罷了，瞧瞧，錚兒、鋒兒、峻兒都這麼大了，我還能不老嗎？」伸手指著站在身後的三個青年，笑道。

翼寧侯李思之陪笑道：「老爺子還不到七十，說什麼老不老的，我們李家還要靠著老爺子的虎威呢！父親大人安心養著身體，不是孩兒說，以您老的底子，便是再過個二三十年，您照樣騎得馬，舞得刀，喝得酒呢！」

李懷遠有些傷感地道：「話是這麼說，我也知你們的孝心，但未雨綢繆總是要的，我的身體是一年不如一年了，我們一家也難得聚這麼齊，開年後，老三很有可能要去南方平叛，昨日又傳來邸報，那潛逃的呂小波和張偉又開始作亂了。」

威遠侯李牧之道：「父親大人放心，些許跳梁小丑，反掌之間便平了。」

李懷遠搖搖頭：「不要小看這些人，牧之，呂小波與張偉上次吃了虧，這一次捲土重來，不可小視啊，再加上你此去帶的可不是我們翼州兵，而是懷州兵，並州兵，這些地方的兵都糜爛了，只怕打不得硬仗，要小心啊！」

李牧之點頭道：「父親大人放心，我省得的。」

李懷遠點點頭，「嗯，你也是老行伍，我自是放心，只不過提醒你一下，你們哥兒三，老大坐鎮翼州，老二身居廟堂，老三雖是武將，卻也是胸有錦繡，我李家有你三人，日後即便進取不足，倒也不虞有傾覆之危。」

李退之笑道：「父親大人想多了，我李家人才濟濟，便是三代之中，也是人才輩出啊，您看錚兒，雖然不到三十，已是翼州軍副將，在軍中威望素著；峻兒也剛剛中了舉人，鋒兒年齡雖小，但聰穎非常，還有定州的李清……」

忽地看到老三的臉色一變，便打住了話頭，笑道：「我李家只會一代比一代興旺的。」

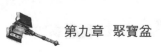

李懷遠一笑，「嗯，說得倒也不錯，李清這個娃娃……」伸手從案上拿起一疊紙張，道：「他在定州做的事，你們知道了麼？」

三人一齊點頭。

「倒是好氣魄啊！」李懷遠嘆氣道：「以一千殘兵，居然敢偷襲蠻族，生生屠滅了安骨部落，近萬條性命一個不留，當真是殺了個一乾二淨啊！」

李思之兄弟三人早已得知，倒也不甚驚訝，他們身後的李錚，李鋒，李峻則是不由變了顏色。

「屠滅近萬人，男女老弱都殺了，爺爺，這個李清怎地如此殘忍？」李峻驚駭道。

李錚咬著牙，眼中倒是露出期盼的目光。

李懷遠掃了二人一眼，眼中閃過一絲失望之色。

「峻兒，你沒有弄清楚來龍去脈，不要妄加評論。」李退之冷哼道。

李懷遠搖搖頭，李家三代，李錚長居軍中，性格狂暴，雖是猛將，卻非良將；李峻自小身子弱，不習武而讀書，弱冠之年得中舉人，但性子有些迂；李鋒雖然年紀還小，但他母親寵愛過甚，倒是紈褲弟子的樣子多些。

「思之，你來說說！」

李思之站了起來，對三人道：「你三人都好生聽著，李清年紀比錚兒要小得多，與峻兒差不多，但這分膽略讓我也不得不佩服。他地處崇縣，與蠻族並不接壤，初時接到這條消息，我尚且不信，後來才知道崇縣居然有一條秘道可通向蠻族，李清便是從這裡出兵的。

「以他千餘殘兵，敢行此逆天之事，無異有些膽大妄為，但他一舉成功。至於為什麼將那安骨部落殺了個一乾二淨，錚兒，你想想，定州剛被蠻族打破，聖上對蠻族恨之入骨，如果李清將戰果報上來，他會怎樣？」

李錚想了想，道：「以這種戰果，再加上當今形勢，至少可升到副將！」

李思之拍拍手，「對呀，但李清為什麼將此事瞞得緊緊的，連定州軍主帥蕭遠山也不知道？」

「這與李清殺了萬人有什麼關係？」李鋒臉色沒有什麼變化。

李牧之不由搖了搖頭，這個兒子已經十五歲，李清這時都去獨闖天下了，他卻問出這麼蠢的問題。

「如果李清將戰果上報，那崇縣的這條秘道便保不住了。」李思之道：「蠻族知道了消息，必然會興兵報復，以李清現有的兵力，哪裡能抵擋得住，必然是眨眼間便灰飛煙滅，所以李清隱瞞了戰果，殺光了安骨部落的人。便是要保住這

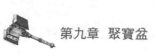

個秘密。」

李峻不以為然，「大伯，李清出兵，崇縣知道的人甚多，而且他還救回那麼多的奴隸，這事瞞得過一時，卻瞞不了太久，終是要見光的。」

李錚拍著胸口道：「這個弟弟果然強悍，一口氣殺了這麼多人，換是我，也覺得有些害怕呢！」

在戰場上殺敵倒不為難，但要讓李錚下令屠殺老弱，他卻是不寒而慄。

「你說得不錯，但現在李清需要的是什麼？**是時間，這個秘密瞞得時間越長，對他便越有利**，我相信，以李清之智，必然會在這段時間將這條秘道作出妥善的處理。這樣就算最後秘道洩露，他也已有了對策，至少可保崇縣的安全。」

「還有一個好處！」李退之補充道：「殺光了安骨部落，此事便成了無頭公案，草原上必會因此而生內亂，內亂一起，蠻族便無法全力威脅定州，這也會給定州帶來好處。」

「不錯！」李思之道：「不光如此，李清還在崇縣清田畝，授土地，興水利，安民生，種種舉措，令人嘆為觀之。老二，你生了一個好兒子呢！去崇縣不過數月，不僅成功立足，而且勢力擴張極快，如今，他的常勝營已是滿員，據傳來的情報，這些只訓練了數月的士兵，戰力還是很可觀的。想不到他練兵也很有一套啊！是不是當初他還在侯府的時候，你私下了傳授了他兵法啊？」

李牧之連連咳嗽，卻不說話。

李懷遠接著道：「前幾天，李清派人送信來，找我們要各種工匠，其中鐵匠數量尤其多，思之，給他。我倒想看看，他能折騰出什麼名堂？」想了想又道：「將我們在定州的暗影也交給他。」

李思之一驚，「父親，這是不是……」

李懷遠冷哼道：「怎麼，你有什麼顧慮嗎？定州的暗影交給李清，可以發揮更大的作用；再說了，李清不管怎麼說也是我李家的種，你還怕他對我們不利嗎？」

一邊的李退之笑道：「父親說得是，既然李清有才，我們便不怕他做大，做強；他越強，對我們李家越有利，哈哈，**這顆我們埋在定州的種子，說不定會帶給我們驚喜呢！**」

崇縣，參將府。

李清雙手一攤，對尚海波道：「我有什麼辦法？實話告訴你，我沒有辦法。」

書房中只有他們兩人，煤炭在崇縣已開始為人們所接受，李清的參將府裡更是每間房下都埋設了地龍，燒起火來，屋裡溫暖如春，是以兩人雖然穿得很是單薄，卻絲毫不感到寒意。

房門打開，清風托著茶盤，款款走了進來，將兩杯上好的清茶放在兩人面前，向尚海波微笑點頭示意，低頭退了出去。

看著清風的背影，尚海波若有所思地道：「軍營裡的士兵還好說，但這些救回來的奴隸可就難說了，人多嘴雜，雞鳴澤的這條秘道終有曝光的一天。」

「是啊，所以在這之前，我們一定要整軍備戰，隨時防備蠻兵會從這裡來襲擊我們。」李清手指在案上的崇縣地圖上點了點。

「我仔細詢問了過山風，在雞鳴澤裡有一處地方，方圓百米，盡是實地，我準備在明年開春之後，派人去那裡修一座小型的要塞，堵在雞鳴澤中，只需百多名士兵駐守，便可以固若金湯。」

尚海波搖頭道：「將軍，如此一來不正是此地無銀三百兩嗎？此舉擺明了告訴別人這雞鳴澤有古怪，否則費錢費力在這裡修要塞幹什麼？」

李清古怪地一笑，「尚先生，雞鳴澤那裡有好東西啊！」

「好東西？」尚海波腦袋有些發矇，那裡能有什麼好東西?!

李清道：「尚先生，我們崇縣山多地少，但雞鳴澤那裡荒地甚多，卻是生田，即便開墾出來，也很難有什麼收成對吧？」

尚海波點頭，將軍腦子清醒得很啊！

「所以，我們去挖雞鳴澤，雞鳴澤裡的那些淤泥可是肥得很啊！挖出來堆在那些荒田上，便可以改善那裡的土地，這樣，我們當年下種，來年便可以有收成。」

李清說得興奮，在房中踱來踱去，道：「雞鳴澤方圓數十里，我們只挖靠近我們這裡的一小部分，挖走了這些淤泥，那空出來的，不就是天然的湖泊了嗎？我們可以養魚，可以養雞鴨鵝，對吧？你瞧瞧，這樣變廢為寶，原本什麼也不是的雞鳴澤將會成為我們的聚寶盆，糧食，邊防，什麼都有了。」

說得口乾舌燥的李清端起茶杯，仰頭一飲而盡。

尚海波一動不動，呆呆地看著李清。

他今天過來，本來是與李清商討關於雞鳴澤的防務，他非常擔心這條秘道的曝光會對崇縣造成致命的打擊，但怎麼也沒有想到李清竟然腦子一轉，便想到了這麼多的點子，饒是他頭腦敏銳，此時也被李清說得轟轟作響，目光怪異地看著李清，這傢伙是什麼人啊，腦袋裡都裝著些什麼？

「將軍，這是民政，您應當找許縣令與老路啊！」他吶吶地道。

李清手一揮，「尚先生，你是我的首席軍師，不論是軍政還是民政，你都要參與啊，更何況，這兩者在雞鳴澤可是合二為一的。我準備在這裡開出來的荒田，還有以後的那些養殖都直接劃歸軍隊。明年開春便動手，正可以借此掩護我們在雞鳴澤裡建要塞的小動作。」李清得意洋洋地道。

尚海波聽了，精神一振，李清這是明確了他在崇縣乃至常勝營的地位啊，先前雖然王啟年等人都視他為李清之下第二人，但這只是一種下意識的反應，是尚海波強勢表現所帶來的，所謂名不正則言不順，現在李清開口了，那便正式確立了自己的地位。

尚海波臉上露出開心的笑容，道：「好，將軍既然已有了計較，那我這就下去準備，這麼大的動作，前期的準備必須要詳盡，免得到時手忙腳亂。」起身告辭，「海波這便回營，與王姜馮過四人商討一個詳盡的計畫，過兩天報給將軍審查。」

李清點點頭，「好，越快越好，過完年便開春了，天氣一暖就開始，我們抓緊時間，時不我待啊！對了，這個東西給你！」

李清走到書案前一陣亂翻，將清風霽月整理的整整齊齊的書案又翻得一團亂，終於找到了一張圖紙，遞給尚海波，「這是我為那座要塞設計的堡壘，你們拿去看看，建造時就按這個圖紙。」

尚海波又是一陣震撼，將軍還會造要塞！這可是個技術活啊，待一看手中的圖紙，不由傻了眼，這個堡壘怪模怪樣，渾不似現大楚通行的那種要塞建築。

「這是什麼？」

李清道：「這種要塞叫稜堡，好啦，說了你也不懂，但你下去後可以與王啟年等人做個模型，試一試便知道它的威力了。」

自覺學窮天人，天文地理軍策無一不知的尚海波深受打擊，一路踉蹌地離開了參將府。

清風見房內無人了，端著托盤走了進來，托盤上放著一碗小米粥，幾樣小菜，道：「將軍，天色不早了，喝點粥暖暖胃吧！」

李清和尚海波談了好幾個時辰，真是有些餓了，笑道：「這麼晚了，你怎麼還沒有回去休息啊！」

清風將油燈剔亮了些，道：「將軍還忙於公務，我又怎麼能去休息呢！」邊說著話，邊將李清翻亂的書案整理好。

「將軍，怎麼尚先生走時臉色如此奇怪，嘴裡念念叨叨的？」

李清三兩下將粥喝完，一抹嘴道：「受到打擊了，沒什麼，過兩天明白過來就好了。」

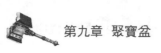

「咦，今天這粥味道與平常不同啊，是你熬的嗎？」李清隨口問道。

「是啊！」清風不經意地答道：「楊嫂子忙了一天，我看她累得很，便讓她去睡了，本以為將軍也會早點休息的，但看到尚先生一來，你們二人說起話便沒完沒了，便下廚熬了點小米粥，怎麼，不好喝麼？」

「不，不，好喝，好喝得很！」李清趕緊道。

清風雪白的臉龐不由一紅，轉過身去繼續收拾屋子。

看著清風在書房裡忙碌的身影，李清不禁胡思亂想起來，清風著實長得漂亮，即便粗麻衣裳穿在身上，也讓她穿出了格外的味道。

「她們兩姐妹的確是國色天香，不過比起來，還是清風更有風韻些。」

李清不由將兩姐妹作了個比較，有個女人在身邊的確是不錯，至少生活規律，身上衣服也乾淨多了，不知清風做了什麼，經她的手後，自己身上的衣物總是帶著淡淡的香味。

偶一回頭，看到李清正目不轉睛地看著自己，清風不由一呆，瞬間便又羞紅了臉，「將軍，有什麼事嗎？」

「哦，沒什麼，沒什麼！」李清趕緊道：「很晚了，這樣吧，我送你回去吧。」

「不用了，我住的地方離這裡又不遠。」清風回絕。

「不要緊，剛剛喝了你的小米粥，正好需要散散步，在屋裡待得久了，去呼吸呼吸新鮮空氣也好。」李清拿起外衣，套在身上。

走出房門，凜冽的寒氣撲面而來，讓剛從溫暖的屋子裡走出來的清風頓時打了個寒噤。

「怎麼啦，冷麼？」李清關心地道。

「不冷！」清風惶恐地道。

楊一刀迎了上來，「將軍，我送清風姑娘回去吧！」

李清擺擺手，「一點點路程，我去送！你們也累了一天，歇著去吧！」說完也不理會楊一刀，與清風兩人並肩向外走去。

楊一刀舉步欲行，想了想，又停了下來。身後唐虎竄了出來，「楊頭，將軍對這個清風小姐好像有意思呢！」

「閉嘴！」楊一刀瞪了獨眼龍一眼，「不說話沒人當你是啞巴！走，我們兩個悄悄地跟上去。」

唐虎道：「將軍夜送佳人，我們跟著去太煞風景，你不怕將軍發怒麼？」

楊一刀怒道：「你個夯貨，是不是又想尚先生打我們的板子？我是說悄悄地跟上，不讓將軍知道不就得了？」

唐虎打了個哆嗦，一想起尚海波的面孔，害怕地說：「楊頭說得是。」兩人躡手躡腳地跟了上去。

雪踩在腳下，發出響聲，兩人一時也不知該說些什麼，默默地走了段路，李清這才道：「清風，你們那裡裝了地龍了麼？」

「謝謝將軍關心，我們姐妹那裡也裝了地龍，現在不論是孩子們上課的地方，還是我們住的地方，都暖和得很。」

「不要這麼和我生分！」李清悶悶地道：「你們都是我身邊的人，要是這麼生分，豈不是悶煞人了。」

「將軍是我們姐妹的大恩人，說謝是應當的。」清風含羞低語。

「你們今後打算怎麼辦，真不回去了麼？」

清風慘淡地道：「今後怎麼辦，清風從未想過，也許就這樣過一輩子也挺好的。」

李清側頭看她，見她臉上沒有一絲血色，興許是冷的緣故，兩肩向內縮著，整個人有些瑟縮，削瘦的身材更顯單薄。

「人總要往前看，有些該忘了的事就忘了吧！沉舟側畔千帆過，病樹千頭萬木春，不要總是活在痛苦中，生活中有更多美好的事物在等著你呢！」

清風停下腳步，轉過身來看著李清，臉上浮現痛苦的表情：

「我還會有新的生活嗎？不會有了，將軍，你不知道，一個女人失去了她最寶貴的東西後，等待她的命運會是什麼嗎？」

李清怔怔地看著兩行淚水從清風的眼眸中淌下，風吹動她的長髮，漫空飛舞，那眼中浮現的竟然是絕望，心中不由一酸，走上前去，忍不住將她輕擁到懷中，安慰道：「有的，你會有更好的生活，答應我，不要放棄，永遠向前看。」

倚在李清寬闊的肩上，清風忽地感到一種從未有過的安全感，一種找到依靠的感覺瞬間浮上心頭，兩手環抱住李清的腰，放聲大哭起來。將滿腹的不甘、心酸、痛苦全都化作淚水，噴湧而出。

年關將至，幾個月來驚魂未定的定州總算是喘過來一口氣，百姓們也張羅著準備過年了，城裡的流民基本已是散盡，回到了他們那早已殘破的家。

邊境上的四座軍事要塞也重建好，雖然與從前的雄偉堅固不可同日而語，但大楚的旗幟仍在上面飄揚，便給了邊境上的百姓又一個安居樂業的理由。

但是定州軍帥府裡蕭遠山卻絲毫沒有過節的心情，這一關雖然鬼使神差地因

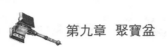

為聯合了李家而僥倖逃過，但下一次還會有這樣的好運氣嗎？

蕭遠山不這麼認為，他並不是一個單純的武夫，這些日子，他一直在思考一個問題：**為什麼平時看起來非常聽話和忠心的馬鳴遠，會在關鍵的時刻拋下自己的命令不管不顧，逕自行事？**

經過這麼多天，他終於想明白了，**軍權！**因為馬鳴遠有獨立的軍權，他能完全控制自己手下的左協三營兵馬，這三營兵馬與其說是定州軍，還不如說是馬家軍，馬鳴遠在左協多年經營，已將左協變成了他自己的私物。

蕭遠山惕然而警，會不會有第二個馬鳴遠？

中協不用管，這是在自己的直接控制之下，中協偏將戴徹更是可以放心，他不可能背叛自己，但右協的呂大臨呢？蕭遠山不得不慎重面對這個問題。

呂大臨是員良將，不但有勇，亦有謀，做事不衝動，有心機，是自己非常欣賞的悍將。

眼下定州軍三協，只有他的右協在這場大戰中因為留守，實力絲毫未損，現在戰力已是全軍之冠，而左協基本全毀，重建的三營基本上都是新兵，戰鬥力暫時可忽略不計，能在明年秋天蠻族再次來襲前形成戰力，自己都要念阿彌陀佛了。

自己直接控制的中協也損失嚴重，補充了大量的新兵，與呂大臨的右協相比，眼下完全不在一個檔次上。這也是他為什麼當時將呂大臨的右協調到四座軍事要塞去駐守的原因，因為他要靠這支老軍來穩定軍心，抵擋蠻族隨時會來的第二波襲擊。

呂大臨也在右協待了五年了，自己重組定州軍時，他便在右協的位置上，多年下來，馬鳴遠能將左協攥在手中，那以呂大臨的心機手腕，又豈不會將右協掌握得牢牢的?!

不行，這種局面必須要改變，**定州軍只能有一個主人，那就是自己！**自己必須如臂使指，而不能再出現這次的陽奉陰違，否則災難會又一次地來光顧自己。

「明臣，我要改軍制！」蕭遠山毅然絕然地對他的首席幕僚沈明臣道。

聽完蕭遠山的構想，沈明臣不無憂心地道：「大帥，眼下這種情景，如此大的動作，只怕會於軍心不利啊。呂偏將只怕會不滿！」

他一眼便看出大帥提出的軍制改革極為明顯是地對準了呂大臨，而現在呂大臨又是定州軍中最具實力的人物。

蕭遠山道：「明臣，你說我如果這樣做，呂大臨會怎麼樣？提兵反了我？」

沈明臣搖頭，「這倒不至於，但私下肯定會不滿的，而且這樣一來，右協軍心浮動，恐有亂子啊！」

蕭遠山斷然道：「正是因為如此，我才選在這個時間動手，時近年關，士兵們的心思很容易轉移，我給他們發足了軍餉，多多的犒賞，今年的年節我會加倍地賞賜他們，而且我會親自去右協向士兵們發放賞賜，讓他們知道他們拿的是誰的錢，明白該給誰幹活。而蠻族至少要在明年秋天膘肥馬壯之時才會再度前來，有近一年的時間，再大的問題也調整過來了。」

蕭遠山冷冷地道：「更何況，呂參將我也不會虧待他，我會將他調到軍府，升任副將，他的親弟弟呂大兵，我已讓他做了選鋒營參將，他還有什麼不滿意的？」

沈明臣點頭道：「如此方萬無一失，呂參將即便有什麼不滿，也會看在升官的份上不會計較，可是大帥，呂參將是難得的將才，您還是要多多地安撫才是啊！」

蕭遠山點頭道：「那是自然，他到了軍帥府，我怎會虧待他？」

「這一次將軍大動干戈，改動軍制，撤銷三協，由將軍直接控制到各營，這固然是讓軍隊更能效忠於您的一個好辦法，但不知會不會讓兵部、朝廷發難呢？」

蕭遠山冷笑道：「其一，這只是我們內部的動作，對外不會宣揚，第二，即便他們知道了，我們也可說是因為上一次大敗而總結出了一些經驗，正在定州試行，天高皇帝遠，這一點小事還會與我計較不成？」

「那各營的人事，將軍可有了計較？」沈明臣問。

「我正要與你商討，這各營的參將既要有能力，又要完全忠心於我，頗費思量。」蕭遠山道。

在蕭遠山對軍隊大動手術的時候，塞外龍城，蠻族大單于巴雅爾也正頭疼得緊。

安骨部落全族被滅，而且就發生在自己集合所有部落共慶擊敗定州軍的慕蘭節上，安骨部落雖小，但忠心耿耿，一直追隨自己，突然被滅，自己當然震怒。

但蹊蹺的是，居然找不到一丁點的線索，所有在場的人全被殺了個一乾二淨，這事幹得乾淨俐落。安骨部落的老酋長完顏不魯和兒子完顏吉台三天兩頭來找自己哭訴，讓自己疲於應付。

安骨部落被滅不是什麼大事，左右也只有萬餘人，兩千戰士，還有千餘精銳因為被完顏不魯帶來而逃過一劫，但此事在草原上造成的震動卻非同小可，所有與安骨差不多大小的部落都人心惶惶，私下裡議論紛紛，猜測到底是誰滅了安骨。

蠻族大部落主要有五部，黃白青藍紅，五部實力相差不大，多年來，草原上基本上是這五部輪流做莊，幾十年來，一直以自己白部為尊，他也帶領他們取得了對大楚一連串的軍事勝利，成功地將大楚的定州軍壓制住，迫使他們不得不一直採取守勢，而任由自己予取予收，在自己風頭正勁的關頭，居然來這麼一齣，不能不讓他怒火中燒。

巴雅爾的第一個反應，便是認為這事是黃青藍紅四部中的一部幹的，一則剪除自己的羽翼，一則掠奪安骨的財富，但到底是誰呢？他不敢妄下定論。

巴雅爾其志非小，他一直以來的夢想便是要建立一個草原帝國，一統草原，將所有部落集中到自己的麾下，也只有這樣，才能長時間的與自己的鄰居大楚相抗衡。

大楚立國日久，國內軍閥林立，各世家豪族積聚了大量的財富，對朝廷陰奉陽違，已形成了事實上的割據，這時節，正是自己積聚力量的好時候，如果自己一統草原，那實力便不可同日而語，不僅西邊可將一直騷擾草原的室韋部打趴下，甚至東進大楚，窺探大楚那花花江山也不是不可能。

如果錯過了這個機會，讓身邊的這個龐然大物醒來，重振旗鼓，巴雅爾深知，草原各部是根本無法與他相抗衡的。

越是這樣，越是讓他舉棋不定。如果輕舉妄動，一旦引起內亂，那自己這些年來的努力盡皆化為流水。

「阿父，今天天氣真好，好不容易出太陽，您怎麼反而愁眉不展了？」一個銀鈴般的聲音傳來，不用回頭，巴雅爾便知道是自己的小女兒，草原上的明珠納芙來了。

巴雅爾收起愁容，轉過身來，笑道：「我聰明漂亮的小女兒納芙，你今天怎麼有空來看阿父呢，這個天氣，這個時候，你應當與那些健壯勇敢的小夥子一起打獵跳舞，怎麼跑到我這裡來了。」

納芙哼了一聲，「阿父，和他們在一起真是沒意思，賽馬他們故意輸給我，打獵他們盡將獵物趕到我的面前，一點成就感也沒有，還不如來阿父這裡，與阿父說話來得好！」

巴雅爾呵呵一笑，他知道自己這個寶貝女兒如今已成了草原上英勇的健兒們爭相追求的對象，只不過以他對納芙的瞭解，這些勇士們用的方法卻是錯了，納芙是個有主見有想法的姑娘。

「阿父，你還在為完顏家的事煩心麼？我進來時看到完顏不魯和他的兒子了。」納芙盤腿坐在巴雅爾的聲邊，嬌聲問道。

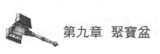

巴雅爾知道瞞不過自己這個聰明的女兒，嘆口氣道：「這事挺讓人為難，父親真不知道該如何給他父子二人一個交代，一日找不出凶手，一日便是懸在我草原各部上的一把利劍啊，隨時可能讓我們面臨災難。一些小部落已是不穩了，生怕自己成為第二個安骨！」

納芙撇嘴道：「阿父，這有什麼難的，這事想都不用想，當然是定州軍做的。」

巴雅爾一驚，「納芙，你怎麼這麼肯定，難道你有什麼線索？」

納芙懶懶地一笑，揮舞著手裡鑲金嵌玉的馬鞭，道：「我能有什麼線索，阿父都沒有。但這事不管是不是定州軍做的，也說是他們做的！阿父，您應當召集各部，宣示你已查到真凶，等到明年驃肥馬壯的時候，就出兵為安骨部落報仇！」馬鞭在空中甩得啪啪作響。

巴雅爾一怔，猛的省悟過來，是啊，**既然找不到真凶，便栽給定州軍何妨**，反正兩家是世仇，即便是冤枉了定州軍，他們也沒處說理去。自己卻可借此機會凝聚草原各部，明年再次出兵，寇邊定州，用一連串的勝利來鞏固白部在草原上的地位，為自己一統各部打下良好的基礎。

「哈哈哈，我的好女兒，你可真是一語點醒夢中人，是啊，這事當然是定州軍做的。」巴雅爾大笑。

納芙甩著鞭子站起來，「阿父，陪我去打獵吧。」

巴雅爾興致勃勃地站起來，「好，阿父今天陪你玩個痛快，走，咱們打獵去。」

巴雅爾召集各部齊集龍城，宣告安骨部落被族滅一案，經過詳細的調查後，已確定為定州邊軍出關偷襲所致，並向大家出示了許多證據，甚至還找到了幾個在屠殺中僥倖躲過的奴隸，這幾個奴隸甚至能說出定州軍將領的名字。

草原各部群情洶湧，義憤填膺，紛紛叫嚷著要再度入關，將定州軍殺得片甲不留，完顏不魯與完顏吉台更是哭倒在地，聲嘶力竭地哀求英明的大單于出兵為安骨報仇。

巴雅爾非常滿意目前的情形，他不但成功地解決了這次危機，更趁此機會將各部緊密地凝聚在一起，看著下面面露不豫之色的青部首領，臉上不由露出絲絲冷笑，想跟我鬥！還嫩了點。

青部是實力僅次於白部的草原大部，一直在孜孜不倦地謀求著大單于的地位。

巴雅爾大聲宣布，明年他將再次會盟各部，出兵定州，望各部養精蓄銳，以待明年。同時任命完顏不魯為白部左校王，將給他配備一萬精銳。

在眾多小部落首領羡慕的眼光中，完顏不魯感激涕零，仆伏在地，大聲發誓為巴雅爾赴湯蹈火，在所不辭。

草原上群情洶洶，厲兵秣馬，直等明年驃肥馬壯之時便再赴定州，大肆掠奪，經過今年一役，大夥兒已沒有把定州軍放在眼中，不過如此而已，多年積蓄的定州老卒幾乎已被一掃而空，一些新兵蛋子如何擋得住草原上十萬鐵騎，虎狼之兵？

定州表面平靜，暗地裡卻是波濤洶湧，蕭遠山的兵制改革方案從不同的管道流了出來，整個定州軍人心惶惶，特別是右協偏將呂大臨更是火氣上升，整個人都憔悴了不少，明眼人都看得出，這一改制受損害最大的，便是如今實力最為強大的他了。

拿著蕭遠山召集眾將齊聚定州的軍令，李清笑呵呵地道：「吃一塹長一智，蕭遠山此舉倒也切中時弊，將軍權從此集於一人之手。」

尚海波冷笑道：「有利必有弊，如此雖然有利於他控制軍隊，但卻將一些有能力的將軍扒到了一邊，離開了一線軍隊，像呂大臨這些人，長期與蠻軍作戰，經驗豐富，改制之後，必會被調到軍帥府，只可能在戰時被臨時委派率領軍隊，對部隊的控制力大大降低，戰時能發揮多大戰力尚未可知。」

李清道：「總之，蕭遠山此策還是有效的，從此定州軍可改名為蕭家軍了。呵呵，只是不知這次調整會不會涉及到我們常勝營？」

尚海波搖頭：「不會，我們常勝營這點家底豈會在蕭遠山眼中，他是將我們放在這裡自生自滅了，將軍放心前去，只管喝酒看戲，如今定州，只怕是幾家歡喜幾家愁呢！」

蕭遠山的動作很大，定州軍下屬三協，各營將領來了一次大調動，各營士兵甚至整翼整翼地被調到其他營裡，原本實力最為強大的右協被拆得七零八落，麾下的老卒被分到各營，如此一來，各營戰力基本持平。

呂大臨被調到了軍帥府，擔任定州副將，官銜升了一級，但對軍隊卻沒有了直接的指揮權，只能在戰時被臨時委派，他的情緒極為低落，從實力最強的將領猛的一下子淪落為定州軍最為尷尬的角色，心中的鬱悶可想而知。

好在弟弟的選鋒營沒有什麼大的調整，麾下老卒也沒有被調走，算是蕭遠山給自己的一點補償。

原中協偏將戴徹最為歡喜，他被委派到了震遠軍塞，不僅麾下直接指揮著震遠的磐石營，更有權節制其他三座軍塞。

其他各營將領基本都換了窩，只有常勝營的李清，似乎被蕭遠山選擇性遺忘了，在整個軍議期間，**他成了一個看客。**而他的同僚們也都對他視而不見，當然了，**一個千多人的殘營，還窩在一個鳥不生蛋的崇縣，有誰會去眼紅他的那點家底呢?!**

「各位將軍！」蕭遠山笑吟吟地端起酒杯，「調整軍制之後，我軍的戰鬥力將大大加強，指揮更加靈活，這將為我們掃平蠻寇打下堅實的基礎，來，讓我們共飲一杯，祝我大楚萬世昌盛。」

眾將哄然起立，肅然舉杯，「願我大楚萬世昌盛。」

喝完這杯，蕭遠山再次舉杯，「新年將至，我卻將各位將軍召到這裡商議公事，誤了大家辦年貨，實在是罪過，這一杯，且將本帥給大家先拜一個早年，祝各位在新的一年裡萬事如意，心享事成。」

「謝大帥，祝大帥早日掃平蠻寇。」

等這場酒宴結束，已是入夜時分，從大帥府出來，呼吸了一口清冷的空氣，李清不由感到有些好笑，此時已不早了，自己在定州還沒有一個固定的住所，自己去哪裡呢？

正想著，忽地眼角瞄見呂大臨在呂大兵的攙扶下踉踉蹌蹌地走了出來，這一次，恐怕最為失意的便是剛剛榮升為副將的呂大臨了。

「末將祝呂大人高升！」李清微笑著抱拳，對呂大臨道。

呂大臨站住了腳步，喝得有些迷離的眼睛看著李清，眼中忽地閃過一道鋒利的光芒，冷笑道：「李參將，你這是在諷刺我麼？」

李清搖搖頭，「不敢，副將此時心情，李清感同身受。」

呂大臨哈哈一笑，想到李清窩在崇縣，不死不活的，境地倒真與自己差不多。不過相較而言，對方是世家子弟，家世比自己這百姓出身可強得多，即便在這裡生存不下去，回到李家，仍是高高在上的人物。

而自己，**失去了軍隊，成了一個空頭副將，一生的理想可就付之流水了，什麼封候拜將，都成了鏡中花，水中月，以後將完全淪落為蕭遠山的跟班。**

斜著眼睛看了一眼李清，呂大臨道：「說得倒也不錯，我二人倒真是同病相憐，罷了罷了，以後在定州做個清閒之職，每日風花雪月，倒也不錯。」

李清一笑，道：「既然呂副將想要每日風花雪月，不如今日便由小弟作東，咱們去『樂陶居』風花雪月一番。」

呂大臨眼睛一翻：「『樂陶居』？咱這粗魯武夫，可不入茗煙姑娘法眼，去了也會被趕出來，不去不去，要去咱們去紅樓如何？」

李清一把拉起呂大臨，道：「呂副將今天榮升，紅樓那地方哪配得起副將身分，走，咱們去『樂陶居』，有我在，哪裡會將副將趕出來？」

呂大臨恍然大悟，「想起來了，李參將當日曾以一詞一詩折花魁，茗煙姑娘青眼有加，好，借李參將東風，咱也去瞧瞧那茗煙姑娘到底是何等人物！」

第十章
美女間諜

「李氏門下，暗影定州分部茗煙，叩見小侯爺！」茗煙盈盈拜倒。

特務？美女間諜？探子？李清怎麼也沒法子將這些字眼與眼前的這個女子聯繫起來，看著拜倒在自己面前的茗煙，他張口結舌，大腦呈現當機狀態。

一行人談笑風生地走向「樂陶居」。

呂大臨其實並沒有外表看上去醉得那麼厲害，只不過心中鬱悶，不願與人答話，便借酒脫身，想不到卻被李清纏上。

他臉上醉意朦朧，心中卻清楚得很，李清是什麼人，李氏中人與蕭家向來不對路，自己在蕭遠山這裡吃了虧，李清馬上便湊了上來拉攏自己，要是往常，自己會避之不及，但現在反而可以不用避嫌了。

李家，蕭家，自己都得罪不起，蕭遠山雖然虧待了自己，但對於李清的拉攏，呂大臨並不以為然，定州不是翼州，要是在翼州，自己巴不得湊到李家跟前，但在這裡，李清是條龍也得盤著，是隻虎也得趴著，**他並不看好年輕的李清鬥得過老謀深算的蕭遠山。**

茗煙對李清的再度光臨是喜出望外，上次李清驚鴻一現，便杳無影蹤，茗煙望眼欲穿也沒有等到李清再來，直到聽到常勝營拔營而走，這才絕了心思。

當她知道這個文采驚人的儒雅武將來這裡完全是衝著恆熙而來，悵然之餘，不禁對李清更是好奇了幾分，一般而言，這種血氣方剛的年輕將領對於自己這樣的女子很少能有如此免疫力的。

一行人迎了進來，與蕭遠山那裡大魚大肉的宴席相比，這裡卻是清淡素雅得多，幾樣時令小菜，幾碟精緻的小點心，溫好的幾壺酒，配上茗煙的清越箏曲，倒也意境優揚，別有情趣。

呂大臨與李清二人對於這樣的見面都是心領神會，啥也不用說，只是飲酒吃菜，談些風月，偶有提及軍旅，也只是談些平日軍中趣事，絕不涉及其他，席間倒也其樂融融，笑聲不斷。

至於一介勇夫呂大兵，倒不在意與李清有什麼交集，反正他只需緊跟兄長便是了，坐在席間，一雙牛眼在茗煙的身上瞄來瞄去，心中不解：這茗煙長得也並不如何出類拔萃，為何能風靡定州，讓定州的那些達人們趨之若鶩，以能與她見面共飲為榮？

對李清而言，與呂大臨保持關係，只是為日後**埋下一著暗棋**，能不能用上還是兩說，但凡事預則立，不預則廢，先搞好關係再說，說不定什麼時候便能用上。

對於這樣的見面，兩人自是心情都很放鬆，呂大臨放懷大喝，曲終人散時，不用呂大兵扶的話，連站都站不穩。

三人走出小樓，正要拱手而別，茗煙的貼身丫環青兒匆匆跑了過來，對李清福了福，脆聲道：「李大人，姑娘請你留步。」

李清不由一愣，看著青兒的目光充滿了疑惑。

醉眼迷離的呂大臨取笑道：「李兄弟，你有福了，相傳茗煙姑娘雖然豔名遠播，卻尚無入幕之賓，看來這人是落在兄弟你身上了，哥哥祝你今夜快活無比，欲仙欲死，哈哈哈！」狂笑聲中，東倒西歪的離去。

滿腹不解的李清回到小樓，房裡早已整理乾淨，青兒將李清迎到小樓後，掩上房門，悄無聲息地離去。

看著空蕩蕩的房中紅燭高舉，香煙繚繞，李清不由心中一蕩，莫不是真有桃花運撞來，這茗煙要留宿自己了？

房門輕輕一響，李清回過頭來，見茗煙已是換了裝束，原本的那身粉紅紗衣換成樸素的青衫，臉上素面朝天。較之先前，風塵之色盡去，倒似是一鄰家姑娘。

「不愧是花中之魁，這身分變幻之間，當真掌握得爐火純青，扮什麼像什麼！」李清心裡暗讚。

「李氏門下，暗影定州分部茗煙，叩見小侯爺！」茗煙盈盈拜倒，櫻桃小嘴裡吐出的話卻讓李清一下子變成了傻子。

特務？美女間諜？探子？李清怎麼也沒法子將這些字眼與眼前的這個女子聯繫起來，看著拜倒在自己面前的茗煙，他張口結舌，大腦呈現當機狀態。

拜倒在李清面前的茗煙半晌沒有聽見李清的聲音，心中奇怪，但李氏嚴厲的上下尊卑制度讓她不敢仰首而視。

先前李清不知她的身分，她可以恣意而行，但既已表明身分，兩人間巨大的差異讓她感到萬分惶恐，她知道，別看自己小有名氣，但李氏若要收拾自己，可說是不費吹灰之力。何況自己生於李氏，長於李氏，是李氏一手打造出來的，對於李氏，**已如攀附在大樹上的並生藤，離開了這棵遮天大樹，便會淪為香消玉殞的下場**。

又等了片刻，仍是沒有反應，茗煙終於忍不住抬起頭來，只見眼前的李清面容極為奇怪，看著自己的眼神可以說是怪異之極，歪著頭，抬著一隻手，如木雕泥塑般呆在哪裡。

「小侯爺？」茗煙試探地輕喚一聲，「你怎麼啦？」

李清身子猛的一震，用力搖搖腦袋，讓自己清醒過來，看著地上的茗煙，努力使自己接受這個事實，用一種極為奇怪的腔調道：「你，你先起來，給我說說這是怎麼一回事？」

茗煙起來道：「小侯爺請坐，茗煙知道這很唐突，請讓我慢慢說與公子聽！」

李清冷哼道：「不要叫我什麼小侯爺，我不是小侯爺，還是叫我將軍吧。」

茗煙微微一笑，這位小侯爺的身世在李氏雖是一個禁忌，但對她們這些人來說，也不是什麼新聞，見李清很反感這個稱呼，便笑道：

「我是李家門人，稱呼將軍顯得見外，既然您不喜歡小侯爺這個稱呼，我便叫您公子吧！」

一邊說著話，一邊提起案上的茶壺，給李清斟上一杯香茶。

李清調整好自己的心態，也從剛才的震驚中清醒過來，看著茗煙的臉，微笑道：「你愛叫什麼都成，不過你得明白，此時的你可不是先前的茗煙了。」

茗煙身子微微一震，冰雪聰明的她馬上明白了李清的意思，當即收斂起不自覺流露出的媚態。

「你坐在這裡，給我講個明白吧！」李清拍拍案側道。

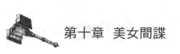

「是，公子！」茗煙正襟危坐，清了清嗓子道：「我是李氏暗影設在定州的分部負責人，專司打探消息，傳送情報。」

在茗煙條理清晰的解說中，李清終於搞清楚了事情的來龍去脈，李氏的暗影，說白了就是一個**間諜機構**，**遍佈全國**，當然，相信其他的世家也不會沒有，但有沒有李氏這樣的規模和嚴謹就不得而知了。

暗影規模龐大，專司替李氏收集各類情報，上報給翼州和京城，而定州，只不過是個較小規模的分部，可以說，大楚任何一個角落發生了什麼事，李氏都可以在極短的時間內知道。

「你應當早就知道了我的身分，為什麼現在才告訴我？」李清問。

茗煙道：「我也是上次壽寧侯來定州後，方才接到通報，讓我關注公子的行動，但是即便知道了公子的身分，沒有暗影總部的命令，茗煙也不敢在公子面前洩露身分。」

李清眼睛一翻，「這麼說，你現在是得到了授權，可以讓我知道你的身分了？」

茗煙道：「前幾天剛剛接到命令，定州暗影分部已完全劃歸公子指揮，從現在起，不再接受總部的命令，我正頭痛如何與公子接上頭，想不到公子便來『樂陶居』了。」茗煙甜甜一笑，「這倒是讓茗煙省了不少事。」

「劃歸給我？」李清皺眉道。

「是，也就是說，暗影定州分部從現在起屬於公子了，與總部再沒半分關聯，總部也將切斷與定州分部的所有暗線。」

李清不得不思考**洛陽李氏這一舉動到底意味著什麼**？暗影這樣一個特殊的組織，對自己肯定有很大的幫助，但他必須想清楚這中間的利害關係。暗影是李氏的，當然定州分部也是李氏的，從茗煙的態度中就可以看出，她對李氏相當忠心，這對自己是好還是壞？李氏將定州分部完全劃歸自己，又是什麼意思呢？

情報對任何一股勢力而言，都是不可缺少的重要部分，對眼前的李清而言，也許還不那麼迫切，但隨著實力的增長，他對情報的需求將會越來越大。

情報的搜集是十分專業的東西，這樣的人才亦不是一朝一夕便可以培養出來的，茗煙的出現讓李清醒悟到，他必須從現在著手打造一個強大的情治部門，這對自己將來的發展及決策將會起到重要的作用。

暗影的出現，是一個契機，這股勢力可以利用，但無法讓李清完全放心，李清不認為他們會真正脫離與李氏的關係，李清更相信，**如果需要，李氏一聲召喚，定州的暗影將會毫不考慮地背離自己而去。**

但眼下自己需要他們，需要以他們的網絡為根腳，來構造自己的情治部門。

李清心中計較已定，看著茗煙道：「那好，從現在起，你們便歸屬於我了，等我回去後，就會派人來與你們接洽。現在你和我講講定州分部的情形，越詳細越好。」

直到紅燭淚盡，天幕發白的時候，兩人才堪堪講完。

對於暗影的專業化，李清不由暗自驚心，據茗煙講，在所有暗影的分支中，定州分部還算是比較小的，但已規模十分龐大，人員之龐雜，滲透之廣，都超出了李清的想像。在小小的定州，核心的情報人員便達到數百人，至於周邊的人員，更是以千計數。

看著眼前這個侃侃而談的女子，李清不得不重新審視她，能將這樣一個龐雜重要的體系運轉得流暢而又隱蔽，此女的能力不可小視。當然，能當上一個州的情報頭子的人，又怎麼會是一個簡單人物?!

回到崇縣，第一個得知的尚海波的反應如同李清一樣，亦是震撼不已，半晌才道：「怎麼會這樣？」

「為什麼不能這樣？」尚海波的反應讓李清有些訝然失笑。

尚海波嘆了口氣，啞口無言，茗煙在他們士林之中有不小的名氣，聽到這樣一個清高的女子居然是個見不得光的密探，不由得十分失望，也不知有多少情報便是在與她的觥籌交錯中洩露了出去。

「尚先生，茗煙的出現讓我意識到，我們以前的工作有重大的疏漏。」李清道。

「將軍是說情報搜集？」尚海波反應極快。

「不錯，李氏有暗影，朝廷有職方司，我們現在還是一窮二白，此刻我們實力弱小，蝸居一隅，也許還沒有什麼影響，但如不及早著手的話，以後影響只怕就會大了。」

尚海波苦笑道：「這事說來容易，但真要做起來可是困難重重，對了，大人不是有現成的暗影可以用麼？」

李清微微一笑，「我說的是我們自己的情治部門。」

尚海波會意地點點頭：「暗影只可利用，不能寄於腹心，但密探的培養不是旦夕便能有成效的。」

「我知道，但我們可以**利用暗影的網絡，打造我們自己的人手**。在暗影之中另成體系，我相信用不了多久，便可以取暗影而代之。真正成為我手中的利器，說不定能將定州暗影完全併吞過來。」

尚海波開玩笑道：「我聽說茗煙對將軍可是情有獨鍾，不如將軍出馬，將她連皮帶骨地吞下來，定州暗影自然也落入將軍手中了。」

李清趕忙駁斥道：「此女子非同凡響，明面是一副嬌滴妖媚的模樣，讓人委實想不到竟是個間諜頭子，此等女子非我能消受，我還是敬而遠之為宜。」

尚海波大笑而去，「想不到堂堂的李將軍原來不喜歡強悍的女子，而是那種小鳥依人樣的，咦乎哉？」

聽到尚海波「咦乎哉」出口，李清以為這傢伙要掉一句酸文了，卻不想他接下來一句話讓李清險些跌了一跟頭。

「這消息如果賣將出去，不知能賣幾兩銀子，咦乎哉？」

「去死吧！」李清怒吼一聲。

看著尚海波瀟灑而去的背影，李清臉上卻掩飾不住地露出欣賞之色，此人不僅幹練通達，更兼知情識趣。聽聞李清要成立情治部門，居然飄然而去，自是向李清表明自己無意介入這個即將新成立的部門。

當然，李清也不可能讓尚海波再插足情治部門，權力太集中於一個人的手中對己對人都沒有什麼好處，一個人手中的權力大了，便很有可能做出一些他自己原本也想不到會做的事，**防患於未然方是王道**。

但自己倉促中去哪裡去找一個這樣的人呢？李清腦中閃過一個個人影，但又一一搖頭否定，這個部門可不是任誰都能來做的。

既然不能馬上決定人選，那便先編制一點關於情報部門的工作概述吧！李清提起筆，蘸飽墨水，在一張紙上寫下：

常勝營統計調查司方略。

整整一個上午，李清埋首在書房中，運筆如飛，寫完了統計調查司的工作性質，工作範圍，組織結機，人員招募，直到楊一刀輕輕敲門，提醒他到了用飯時間，他才醒悟已是日頭偏西了，意猶未盡的放下筆，決定下午回來繼續完成這份情治方略。

簡單地用完飯，回到書房的李清繼續草構他的情治工作。清風輕巧地走了進來，默不作聲地來到李清身邊替他磨墨。

當李清寫完情報分類與搜集這一塊，抬起頭，長長地吁了口氣，十指交握，伸了個懶腰，一邊的清風立即走到李清的身後，替他按摩起肩膀。

李清舒服地嘆了口氣，閉上眼，感受著清風的纖纖細指在肩部的揉動，鼻中傳來幽幽體香，腦中不由浮起清風那似乎永遠帶著一絲哀怨的臉孔。

自從上一次的雪夜送美之後，清風的心情似乎好了些，偶爾也能在她臉上看到一點笑容，但更多的時候，仍是見她時不時地發呆，只有在李清這裡，才能從她的臉上看到一絲光芒。

李清發現，不知不覺中，**清風在他的心中佔據了一個很重要的位置**，自己很重視她的感受，看到她高興的時候，自己也覺得很開心，看到她哀傷，自己的心裡也酸酸的。

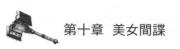

自己是喜歡上她了麼？李清默默地問自己，這便是愛情麼？

「清風！」他低聲道。

「將軍！」清風一邊按摩，一邊柔聲道：「有事麼？」

李清差點脫口問出你喜歡我麼？但總算是懸崖勒馬，硬生生地將這句話停在了嘴邊，這個時代，恐怕沒有女子會習慣這樣赤裸裸的問話，更何況她還是一個受過傷至今沒有恢復過來的女人。

清風感受到李清的身體猛的僵硬了一下，不由停下了手，走到李清的面前，「怎麼了將軍？」

李清不自然地笑了笑，看著清風雪白的臉龐，心中忽地針扎了一下般猛的一縮。這本當是一張笑顏生花，紅中透白的臉蛋啊，如今在她的臉上卻只見一片不自然的白。

「你從明天起，不要再去為學生啟蒙了，到我書房來，專門為我處理事務吧。」李清道。

清風微微一愣，「將軍，那學堂那裡……」

「先交給霽月吧，我已讓許縣令盡快找到新的先生來代替你們。」李清道。

「可是將軍這裡並沒有多少事情，只是些簡單的方案處理，我半天時間就可以做好。」清風答道。

「不！」李清搖頭，「馬上就有很多事了，我有一個很重要的事情要交給你去做，你願意承擔嗎？」

清風睜大眼睛，「將軍，我能為你做什麼？清風只不過是一個女兒家，哪裡能擔當什麼重要的事情？」

李清不置可否，「為什麼女兒家就不可以，在我的印象中，很多女人都是做出了大事業的，你並不比她們差，這些女人中，有很多才識遠遠不如你呢！」

清風驚奇地道：「還有這樣的女人，將軍，我怎麼沒有聽說過啊，我從小便讀烈女傳的。」

李清不由語塞，自己所知的這些女人只怕在這個時代一個也沒有出現。

「誰說女子不如男，只要用心，不管男人女人，都可以將事情做得很好。」李清理直氣壯地說。

清風很驚奇李清的這個觀點，這與世俗道理大相徑庭。但她卻很開心，「將軍，我能為你做什麼呢？」

李清拿起桌上厚厚的一疊書稿，「你先看看這個吧！」

常勝營統計調查司，便在這個下午，在李清的一念之間正式成立了。

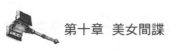

它的第一任司長，便是此刻尚名不見經傳的女奴清風。

此時的清風，沒有人知道她的真名，便連李清也不知道，即便到了日後，知道她真名的人也是寥寥無幾，但在中原，在草原，在黑山白水間，所有從事情報搜集與工作的人，每每聽到白狐與她統領下的統計調查司時，除了翹起大拇指，讚一聲「這個女人硬是了得」外，還帶著莫名的畏懼情緒。

這個始終隱藏在李清身影背後的女人，為李清的崛起立下了汗馬功勞。

但此時的清風，戰戰兢兢地默默讀著李清所寫的情治方略，作為一個身心靈受到過巨大創傷的女子，她對未來並沒有什麼特別的期待，但對李清，她願意用一生的付出去回報他，不管李清交予她什麼任務，她都要力求做到。

所以，從李清手裡接過情治方略的時候，她便下定決心，不管付出什麼代價，她都要將這件事做到盡善盡美。

懷著報恩心情的清風並沒有意識到李清對她異樣的情感，她像受傷的小鹿般，一有什麼風吹草動便驚慌地避開，關閉的心靈對情感早已無感，更何況，她也從來不認為世家出身的貴胄子弟李清會對她有什麼愛意，在她的潛意識中，失去了清白的女子，便已失去了接受感情的權利。

當尚海波從楊一刀那裡聽說李清從親衛中撥出了一批人手交與清風的時候，

他立即意識到李清的情報部門已正式建立了，只是想不到他會交給清風這樣一個女人來統率。

暗影的茗煙是個女子，我們這兒也由女子來管理情治部門，尚海波心想，**三個女人一台戲，這兩個女人會唱出一台什麼樣的戲呢？**他很是期待。

數天以後，當一份正式公函發到他手中時，他終於知道了這個情報部門的正式名稱。

「統計調查司？這個名字有意思。」尚海波摸著他的小鬍鬚道。

過山風也被一紙命令臨時調到了這個剛剛成立的部門，摸不著頭腦的他來到參將府，看到剛剛在參將府內新建的一幢房屋，看到上面寫著「統計調查司」的小木牌，再看到清風，幾乎不相信自己的眼睛，轉眼間，怎麼自己的上司就變成了一個女人？

「過校尉，您只是臨時調到統計調查司，時限為一個月。」清風微笑著道：「在這一個月中，您只有一個任務，那就是教會統計調查司下屬們如何潛行和隱蔽。」

「請問清風小姐，我能知道為什麼嗎？」過山風小翼翼地道，對於李清身邊的人，特別是女人，過山風非常小心並且恭敬。

「不能！」清風斷然道：「我希望的是，這一個月，你能圓滿地完成這項任務，並在離開後徹底地忘記這件事。這也是李將軍的希望。」

過山風點點頭，「明白了。」

關於情報的搜集與分類，情報的篩選與判斷這兩門課程，由李清親自上陣，第一批學員全部來自李清的親衛隊，他們武功高且忠心耿耿，被挑選出來的人更個個都是頭腦靈活之輩，雖然不識字是一大缺點，但有清風的耳提面命，這批人很快便從文盲變成了半文盲，相信等他們跨出這扇大門時，便會光榮地拿掉文盲這兩個字了。

年關便在李清和他的常勝營忙碌之中來到了。

此時的老營人已經沒有那麼多了，舜鄉、梅坪等地分走了部分百姓，他們的田地被授在那裡，常勝營也在那幾個鄉修建了足夠的房屋，百姓興高采烈，懷著對未來的憧憬和擁有屬於自己的土地的熱情去了哪裡。

如今老營裡，除了軍隊外，還有近兩萬百姓，這裡面還包括了匠營與女營。

匠營是李清剛成立不久的一個新營，只要你有一技之長，便可以進入匠營，每月拿著比士兵高得多的餉銀。

女營則是那些尚未出嫁或者不願意嫁出去的女子，以及那些老弱，她們主要的任務便是為士兵負責一日兩餐，每月也有微薄但還足夠溫飽的餉銀可拿。

現在獸炭在常勝老營裡已失去了原先的神秘色彩，大家習慣並接受了這個新鮮東西，採用火炕之後，這個冬天也不那麼冷了。

今天便是年關了，參將李清心懷百姓，老營裡每家都領到了犒賞的物資，一家一斤大米，一斤白麵，兩斤肉，一斤酒，所有的女人和孩子甚到領到足夠做一身新衣的布料，家家戶戶喜氣洋洋，到處都飄著肉香。

兵營也空了大半，因為李清的授田政策，幾乎所有的士兵都找到了老婆，大年夜，除了需要值勤和保持警戒的部隊外，其餘的，李清大手一揮，全部放回去與老婆過年。

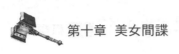

「大人，您這樣的帶兵法，我還真是聞所未聞！」看著空蕩蕩的軍營，尚海波一臉苦笑，「這樣行麼？」

李清笑道：「**一張一弛方是正道**，這些士兵長年累月關在軍營中，不但訓練艱苦，還要負擔很重的軍事任務，他們的弦繃得太緊，放他們回去，體會家的溫暖，讓他們感受到對未來好日子的渴望，他們會更有動力保護他們這來之不易的幸福，這樣的軍隊會更有戰鬥力。」

尚海波打從心裡佩服地道：「將軍，我雖然不全部同意你的意見，但不得不承認，你感染了我，你也成功地說服了我，我相信，我們常勝營將會成為一支與眾不同的部隊。」

李清大笑：「每個人在保護自己利益的時候，都會爆發出你想像不到的力量，這個才是我追求的。尚先生，明年，我將在崇縣實行義務兵役制與志願兵制度，到時你會更加吃驚的。」

「什麼？義務兵役制與志願兵役制？」尚海波對這個層出不窮老冒出新主意的將軍，都有些頭疼了。

李清得意地從袖筒裡摸出幾張紙片，遞給尚海波，「你回去慢慢琢磨吧，等領會透了，便給我查漏補缺，將此策完善。」

尚海波無奈地將紙片塞進袖筒裡，看來想要摸準這位將軍的心思，跟上他的步伐，自己還真不能有一點的放鬆啊！

「走，我們去和百姓們一起過大年夜。」李清興致勃勃地道。

「砰，砰！」竹子在燃燒著的火堆中發出巨大的聲響，崇縣的年關便在一片歡聲笑語中開始了。

三月時分，正是草長鶯飛時節，被白雪覆蓋了整整一個冬天的土地，長出一層淺淺的綠色，細細的絨草頑強地從地裡鑽出羸弱的身軀，欣喜地在春風中伸展身姿，恣意地呼吸著甜甜的空氣。

去秋被焚毀的大樹，那枯黑的斷枝頭居然再次探出一點細細的嫩苞，如果仔細瞧去，這星星點點的綠已遍佈大樹的各個部分，看似早已枯去的大樹竟已是生機盎然。

冬天裡築壩建成的十數個小水庫分佈在群山裡，春上日暖之後，積雪融化，雪水順著山澗叮叮咚咚地匯入其中，風吹處，綠波蕩漾，漣漪層層，一圈圈地擴散開來。

水光反射著陽光，蕩起的水紋將群山的倒影截成層層疊嶂，不時有群鳥自山間林裡撲愣愣飛起，成群結隊地掠過水面，偶有一隻鳥兒低低掠過，腳爪輕點水面，濺起點點水花。

馬蹄聲聲，縱橫田間的阡陌之間，一行人馬緩緩行來，領頭一人寬袍緩帶，臉帶微笑，身側一個中年文士，方臉濃眉，而在他們身後，一群騎士全副武裝，落後兩人兩三步，策馬緩行。

「野火燒不盡，春風吹又生！」一身便衣的李清抬起馬鞭，指點著田間地頭，「尚先生，去秋我們剛來時，可曾想到有這樣一副絕美的景色？」

尚海波微笑道：「哪裡有空去想，去年戰戰兢兢，只求能生存下去，再美的景色，在我眼中也不過是過眼雲煙。」

李清大笑：「尚先生，枉你還是一介文人，居然如此大煞風景，尚不如我李清一介武夫矣。」

尚海波瞟了眼李清，道：「將軍這樣的武夫如果再多些，我等文士可就要去乞討度日了，幸虧像你這樣特別的人極少，很可能天地間獨將軍一份，幸之幸之。」

這個馬屁拍得十分高明，令人不知不覺，又讓人如沐春風。

兩人勒住馬頭，靜靜地看著田間，農夫們正在扶犁而行，一行行翻起的泥浪湧向兩邊，婦人們跟在身後，自提著的小籃裡將種子拋灑下去，再拿起鋤頭，用泥土將種子掩上。

「今春種下希望，秋來收穫成功！」李清道：「尚先生，看到了嗎，這便是我們崇縣的種子，已播灑下去了。」

聽到這一語雙關的話，尚海波道：「是啊，將軍！」

兩人不再說話，靜靜地策馬而行，傾聽著耕作的農夫們縱聲高唱的鄉里俚曲。

「將軍，前面好像是許縣令與路先生呢！」楊一刀驅馬走上幾步，指著前面遠處正在壟間與鄉農說話的幾人。

「不錯，真是他們，看來他們也來鄉里視察了，走，見見他。」李清一夾馬腹，一群人便縱馬奔去。

「許縣令，路先生，你們兩人也來啦！」

李清翻身下馬，見許雲峰和路一鳴兩人將長袍的一角掖在腰間，腳上沾滿了泥土，許雲峰手裡還握著一個土塊，看到李清等人，慌忙上來見禮，「李將軍，尚先生，你二人也來了。」

二人微笑點頭，「兩位是在鄉里視察麼？」李清問。

許雲峰笑道：「是啊，和路先生跑了幾個鄉，眼下正是春播時節，四鄉看看春播如何，可不能誤了農時。」

一邊的路一鳴微笑點頭，「鄉民們都很積極，種子足夠，加上去年搶了不少的牲口，分派到各鄉，畜力足夠，眼下春播已差不多了。」

李清看路一鳴卻是變化很大，與初見是那個躊躇滿志的書生已是大不相同，眼下同許雲峰一樣，兩手沾滿泥土，腿腳上也是斑斑點點，濺滿了泥點，不由微感詫異。

李清卻不知道，在與尚海波在常勝營的競爭中，路一鳴完敗，一段時間以來，路一鳴眼見尚海波在大局的掌控，在軍事上的才華，已徹底沒有與尚海波一爭勝負的心思，便將眼光轉移到民政上。與許雲峰朝夕相處間，不知不覺也感染到了對方那務實的作風，將以前那種空談拋到了爪哇國去。

「接下來我與尚先生要去軍營裡，許縣令和路先生如何安排？」李清問道。

許雲峰道：「我與路先生還有幾個鄉要跑，接下來要去水庫看看蓄水情況，將軍與尚先生請便。」

一行人分作兩處，看著許路二人的背影，李清嘆道：「路先生變化真大，讓我刮目相看。」

尚海波自是知道路一鳴變化的來由，道：「老路是極聰明的人，他現在與許縣令兩人配合得當，相得益彰，崇縣後勤無憂，這對李將軍的大業將會是極大的助力。」

回到軍營，已是午後時分，王啟年，姜奎，馮國三人得到消息，迎出營外，另一員大將過山風現在已被調到雞鳴澤，主持雞鳴澤中堡壘的修建。

軍營中正在進行小隊配合訓練，槍兵，盾兵，刀兵，每三個小組作為一個組合，在校場上捉隊廝殺，殺聲震天。

常勝營在李清的手中，經過了一連串的改革後，與定州軍其他各營在戰鬥方式上已有了根本的不同，槍盾刀三組為一果，在擴軍之後，原有的老卒大都被提拔為了果長，三果組為一哨，設哨長。

「將軍，經過長時間的訓練，士兵們的戰鬥力已大為提高，雖然新兵很多，但與我們以前的老卒相比不遑多讓，只要上得一兩次戰場，見見血，便是一支虎狼之師。」王啟年一抹絡腮鬍子，很是自豪地說。

李清笑道：「訓練場上的精兵還作不得數，只有經過戰場的檢驗，才能真正蛻變。哦，對了，我說的戰車送過來了麼？」

馮國上前一步，道：「將軍，送來了，我們正在摸索戰車的戰法，不知將軍有什麼指教？」

李清搖搖頭，「這要你們自己去摸索，戰車是非常實用的作戰單位，特別是我們在於蠻族的對戰中，蠻族多為騎兵，而我們以步兵為主，戰車可以有效減輕騎兵對步兵的衝擊，利用得當，當是戰場利器。」

說話中，一輛戰車已被推了上來，一輛兩輪車上，三面豎著半人高的立盾，正面的立盾上，一支支矛尖閃著寒光，伸出約半尺長。車裡，一架蠍子炮立於車上，車內可容一人站立，另可放置數十枚石彈。

「現在匠營已交付了數十輛，按照將計畫，每翼將配戰車百輛，車兵兩百人，如此一來，我們一翼就有戰兵一千二百人。」

李清點點頭，「以後每翼士兵還會有擴充，另外各翼將不再設輜重隊，我們將統一設置一個輜重隊，以後各翼只管戰鬥，不管後勤。」

王啟年一聽這話，不由又驚又喜，「將軍，你說我們各翼還會擴充？」

李清笑道：「為什麼不？以後我還將為各翼配備弓兵，騎兵，工兵，讓一翼的兵種豐富多樣。配備齊全之後，一翼差不多有三千人左右吧。」

王啟年與馮國都是大喜，只有姜奎問道：「將軍，各翼都配騎兵，那我的騎兵翼？」

李清大笑，「放心，你的騎兵翼將作為一個特殊的兵種，以後只會越來越強大，嗯，在我的計畫裡，以後會為你配重甲騎兵，不懂什麼是重甲騎兵？就是人形裝甲，靠，裝甲也不懂，算了，懶得跟你說，反正現在也沒錢搞，以後等有空了，我搞一個樣本讓你看看就明白了。」

馮國歡喜了一會兒，忽道：「將軍，可是大楚軍制，一翼只有一千編制啊？」

尚海波笑道：「有什麼不行的，蕭大帥現在搞的這一套朝廷又能怎樣？反正又不要他們出錢，只要養得起，我們是多多益善。」

看完戰車，李清臨時決定到匠作營去看看。

匠作營的位置離軍營不遠，幾里路而已，大量的百姓散去後，原先龐大的老營顯得空曠起來，匠作營正式成立後，便座落在老營的西側。

作為一個李清十分看重的部門，匠作營現在成了常勝營的兵工廠，從翼州李氏弄來的百多名鐵匠，連同他們的家眷近千口人，都被安置在匠作營內，每個匠師都在老營附近得到一塊土地，每人十畝，一家有幾口人，便有幾十畝地，這讓不情願從繁華的翼州來到定州，而且是窮鄉僻壤的崇縣的匠師們得到了一份意外之喜。

對李清來說，近萬畝的土地對如今的崇縣來說，不過是小菜一碟，用一些荒蕪的土地籠絡住他十分需要的技術人員，他覺得太值得了。

翼州李家非常清楚他要鐵匠的用義，這些鐵匠最擅長的就是打造各類兵器，甚至這些鐵匠還帶來一些大型器械的製造圖紙。

帶隊的師傅被李清直接任命為匠作營的匠作大監，拿著等同於七品官的薪水，這讓這位叫任如雲的大師傅感激不盡，這一份薪水是他以前在翼州辛苦一年也賺不到的，更何況還有地呢！只要有地，便是不拿薪水，任如清也肯幹。

剛跨進匠作營的營門，匠作大監任如雲已是帶著一幫匠人迎了出來。

朝廷並沒有匠作大監這一官職，但李清決定要將有經驗的師傅與普通匠師區分出來，讓這些人更具有責任心和榮譽感，首先便是在服飾上，沒有專門的官服，李清便讓人在白袍上繡上兩把交叉的鐵錘，鐵錘之下，再繡上星星。

像任如雲，便是兩柄鐵錘，再加上三顆星星，兩把錘子表示他是匠作營的頭兒，另外三顆星星則代表他是匠作營中技藝最為高超的大師傅。

在他之下，則分成了幾個小組，組長則是一把鐵錘，另外根據他們的水準另繡上星星，像這些小組長，一般都是兩顆星星，而普通的匠師則是一顆星星，沒有鐵錘，學徒則一顆星星也沒有，只能晉級到匠師之後，才能繡上星星。星星不同，薪水便也不一樣。

匠作營建成後，李清還沒有來過一次，只是召見過任如雲，將戰車的圖紙給了他。

看到迎上來的任如雲，李清險些笑出來，身上的白袍已看不大清顏色，連臉上也是沾滿了黑灰，而他身後的幾個匠師，看服飾都是他手下的小組長。

任如雲心中著實有些忐忑，前幾天他才將打造好的戰車送到兵營，今天李清便來了，是不是戰車有什麼問題，沒有達到將軍大人的要求呢？

「見過將軍，各位大人！」任如雲如飛般趕過來，便要跪下叩頭，李清上前一把拉住他，笑道：「任大監，你也是有我常勝營的官位的，不需要跪，拱手即可。」

啊！匠作大監任如雲和他手下的小組長都呆了，官位？自己當的這是官？任如清吶吶地道：「將軍，哪裡有匠作大監這樣的官啊？」

他一直認為自己只是個匠師頭罷了，與一般的平頭百姓相比，所多的不過是會些手藝罷了。

「當然是官！」李清爽朗地笑道：「別的地方我不管，在我崇縣，將作大監是官，而且還是一個重要的官。不然為什麼要給你等同於七品官的薪水啊？」

任如雲有些哆嗦起來，他身後的幾個小組長也是個個臉色通紅，呼吸急促起來，將軍這是在說自己現在的職位等同於七品官啊！七品官是什麼，那是可以當知縣的。那都是高高在上，需要自己仰視的人物，現在自己也與他們一樣了麼？自己也是官了？祖上顯靈，這一趟來得太值得了。

任如雲這時候要感謝那個因為與自己不和，將自己一腳踢到崇縣的李家匠師營的首席大師傅，沒有他，自己就沒有現在的身分地位啊！對他的痛恨早已不翼而飛。

看到任如雲的表情，李清知道他的感受，在這個時代，匠師的地位是十分低的，甚至還不如普通的農夫，除非你能混到大師傅級別，才會有所改觀。

收拾起自己激動的心情，任如雲仍是有些惴惴不安地問道：「將軍今天來匠師營，是因為上批送去的戰車有問題麼？」

李清搖搖頭，「不，沒有問題，打造得很好，當然，不是沒有改進的地方，你們可以再後慢慢摸索，比如說讓這車推起來更省力，跑起來更快，車軸更耐磨，損壞後怎麼才能再最短的時間內修復等等！」

任如雲本來聽說沒問題，將心放下，但緊接著李清說的話，讓他的臉色有些發白，這還是有很多問題啊，他不識字，不能將這些記下來，只能牢牢地將其記在心中，準備以後再來琢磨。

「走吧，帶我們去看看你的匠作營！」看到任如雲著實有些緊張，李清便岔開話題，有些東西不可能一蹴而就，只能慢慢來。

「小人引路！」任如雲道。

「你應當稱自己為職下！」李清糾正道。

「是，是，是！」任如雲趕緊道：「小人忘了，哦，不不不，是卑職忘了，卑職現在也是官了！」

任如雲的話在場中引起一陣笑聲。

「將軍，這裡是煉鐵組，專門提高生鐵的品質，將軍，我們崇縣沒有鐵礦，只能買些生鐵，但這些生鐵品質差次不齊，必須回爐重練才能用來打製兵器，否則兵器極易損壞。」任如雲邊走邊向眾人介紹。

「那你們重新煉製的鐵，品質怎麼樣？」李清看著在爐中翻滾的鐵水，問。

「這取決於生鐵的品質。」任如雲小心翼翼地道：「現在我們打製的兵器還不能與翼州匠作營相比，不論是鋒利還是耐用，都差了一個檔次。」

李清沉吟了一下，道：「你聽說過鋼嗎？」

任如雲愣了一下，搖搖頭。

李清不由有些失望，「就是硬度比鐵更高，但柔韌性卻也更好的一種，一種……」李清在腦中想著要用什麼詞彙來描述。

「大人說的是不是精鐵？」任如雲身後的一個小組長插嘴道。

「精鐵，對，就是精鐵！」李清眼前一亮，「你知道精鐵？」

任如雲趕緊介紹，「將軍，他便是這煉鐵小組的組長，許小刀。小刀，到前面來給將軍說說精鐵。」

許小刀有些緊張，「大人，小人在翼州的時候，知道翼州匠作營正在研製一種精鐵，跟將軍剛剛說的差不多。」

「你知道他們是如何做的嗎？」李清感興趣地道。

「小人在那邊只是一個普通匠師，並不是太清楚，好像是在爐中不停地加入炭粉，具體怎樣，小人不知道。」

李清滿意地點點頭，他知道，鋼起初便是這樣來的，只不過這種炭粉燃燒雜質的方法並不能造出品相極高的的鋼來。

「哦，那你們怎麼不試試這種方法？」

許小刀道：「這種方法極容易失敗，經常讓好的生鐵也變成了廢品，我們現在生鐵本就緊張，不敢冒險浪費。」

李清想了想道：「這倒也是，不過，你可以造個小爐子，我聽說過一種炒鋼法，你也可以試試！」

「炒鋼法？」許小刀一臉茫然。

「就是將炭粉加進去，然後像炒菜一樣，不停地將鐵水翻來翻去。至於加多少炭粉，我就不知道了！」李清比劃著。

任如雲睜大眼睛，「大人，你怎麼知道煉鐵方法，還是我們沒聽過的？」

李清笑道：「都是聽人說的，嗯，你叫許小刀吧，你如果真試驗出來，我給你胸前加一柄鐵錘，一顆星星，怎麼樣？」

許小刀激動起來，這是要升自己當大師傅了，看看任如雲，人家現在可是拿著七品官的薪水呢！胸前的星星還沒加，眼前倒是先冒星星了。

說完這事，一行人又看了刀坊，箭坊，木器坊，隨即滿意而去。

李清的參將府與去年冬天相比，是發生了很大的變化。

在這一輪的擴軍中，補充到了二百人，比先前的規模足足大了一倍。這也讓參將府的附屬建築多了起來，距參將府那幢木屋數十步，便是一排排條石和青磚築成的親衛營房。

院牆外，一條石階也已修築完畢，許雲峰更是動員百姓，從山裡挖來了數十株蒼松翠柏，移植到臺階的兩邊，另外空地上也被栽上了各式各樣的樹木，原本光禿禿的一面緩坡就此變得鬱鬱蔥蔥。

寬闊的大門將參將府與外面隔成了兩個世界，四面持刀親衛在大門兩邊站得筆直，門楣處，「常勝營參將府」五個鎦金大字閃閃發亮，是李清親筆書寫。

清風的調查統計司亦設在參將府內，不過另外修建了一座青磚瓦房作為辦公地點。

或許是「調查統計司」這個名字太怪太拗口，熟知內情的常勝營高層習慣用「內書房」來稱呼這個特殊的部門，起因是這個部門成立於李清的書房之中。

尚海波作為李清的首席謀士，也離開軍營搬到了參將府，現在參將府裡，雜七雜八的人丁加起來足足有三百餘人。

站在參將府的哨樓上，便可以俯瞰整個崇縣老營，因為擴軍而分營的左中右三翼士兵成三角形佈局，在他們的中間，便是匠作營，女營及縣城的百姓。

崇縣也不準備再重修縣城，而是在老營的基礎上新修一個定居點，也不準備再起城牆，用李清的話說，我們沒有這麼多的錢來砌城牆，太矮太薄，不如沒有。想要新建一座堅固的有戰略價值的新城，那要花的銀子海了去了。

這也是為什麼蠻族來襲時，一定要將這些城牆全部推倒的原因，你想重修，行啊，那財政上拖也拖死你。

第二個原因，則是李清的一句話，讓尚海波等一主重修縣城的人都不再說話了。

李清說，只要崇縣百姓眾人齊心，便是寇兵再打來，也能將他們擋住；否則城牆起得再高又有何用，以前的崇縣城牆不高不厚嗎？還不是被寇兵一鼓而下。

由於崇縣不在抵禦蠻族的第一線，尚海波等人也不再堅持，任由李清作主。

而此時的崇縣，銀子也的確花得如流水一般，雞鳴澤堡塞建設很順利，李清設計的稜堡並不大，但卻十分厲害，這已是尚海波與幾位將領在做出模型後反覆論證後得到的結論，所需費用也不大，但開挖雞鳴澤，這是一個十分耗費人力物

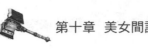

力的活計。

好在翻出來的淤泥堆在荒田上，晾曬數日之後，屯兵們便趕緊搶播種子，希望在秋收的時候便能有第一輪收成。

現在的雞鳴澤已是大變樣，計畫中的湖泊已開挖了一半，雖然還沒有蓄水，但已可看出規模，而挖出的淤泥則整整鋪了數十頃荒地，眼見這些原本的荒山在秋時便可便為收成可喜的良田，任誰都是心中歡喜。

書房內，清風正拿著一疊案卷向李清彙報著調查統計司剛剛收到並作出分析的情報，現在的調查統計司識字人極少，便有幾個也是剛剛過了掃盲階段，是以分析等事務都是由清風自己在做。

在合併了翼州李氏在定州的暗影之後，每日各類情報彙聚而到調查統計司的極多，工作極為艱苦，有時清風更是夜已繼日的埋首在成堆的文卷之中，挑選出對現在的常勝營有用的，或有影響的一些情報。

「將軍，這一份情報我認為是最有價值的。」

清風將排在最上面的一張文卷遞給李清，「蠻族大單于巴雅爾任命完顏不魯為左校王，率一萬精騎進駐上林裡。」

清風的眼圈是黑的，顯然昨夜又沒有休息好，接過案卷的李清微有些歉意，也許不該讓這樣一個原本嬌滴滴的女子接手這麼繁雜的工作，熬夜可是美貌女子的第一殺手啊。

「現在我們面臨的形勢還不是那麼嚴峻，你不用這麼辛苦，要注意休息。」李清責怪道：「你是調查統計司的頭，不必事事親歷親為，要學會放手讓下面的人去做。」

清風心頭泛起一股暖意，嘴角帶著微笑，卻堅持道：「我剛剛學著做事，而且這調查統計司所負的責任又十分重大，不敢怠慢，我手下現在又人手緊張，識字人不多，只能先由我頂著，以後會好一點。」

李清瞄了一眼案卷，道：「你可以從暗影那邊調人過來。」

清風搖搖頭：「將軍，你說過，調查統計司是常勝營的核心部門，暗影那邊的人我不放心。寧可自己辛苦一點。」

心裡雖然滿意，但卻著實心疼眼前這個愈發顯得清瘦的女子，這幾個月，倒是瘦了一圈下去，腰身更細，豐滿的胸也更突出，但顴骨卻也更突出了。

「嗯，巴雅爾的這一舉動大概是在為秋後的寇兵作準備了，無妨，我們注意一下也就好了。」李清不在意地道。

清風卻搖搖頭：「將軍，我有不同看法。」

啊？李清有些驚訝，看著清風，道：「你說說看？」

清風本有些惴惴不安，得到李清的鼓勵，膽子不由大了些，「如果是別的大將，那肯定是為了秋後作準備，但來的是完顏不魯，情況就不一樣。」

李清來了興趣，不由坐直了身子，看來清風成長很快啊！

請續看《馬踏天下》2 最後一擊

馬踏天下 卷1 橫空出世

作者：槍手一號
發行人：陳曉林
出版所：風雲時代出版股份有限公司
地址：10576台北市民生東路五段178號7樓之3
電話：(02) 2756-0949
傳真：(02) 2765-3799
執行主編：朱墨菲
美術設計：吳宗潔
行銷企劃：林安莉
業務總監：張瑋鳳

初版日期：2020年8月
版權授權：閱文集團
ISBN：978-986-352-852-4

風雲書網：http://www.eastbooks.com.tw
官方部落格：http://eastbooks.pixnet.net/blog
Facebook：http://www.facebook.com/h7560949
E-mail：h7560949@ms15.hinet.net
劃撥帳號：12043291
戶名：風雲時代出版股份有限公司

風雲發行所：33373桃園市龜山區公西村2鄰復興街304巷96號
電話：(03) 318-1378
傳真：(03) 318-1378
法律顧問：永然法律事務所 李永然律師
北辰著作權事務所 蕭雄淋律師

行政院新聞局局版台業字第3595號 營利事業統一編號22759935

定價：270元

國家圖書館出版品預行編目資料

馬踏天下 / 槍手一號著. -- 初版. -- 臺北市：風雲時代, 2020.07-2020.08 冊； 公分

ISBN 978-986-352-852-4（第1冊：平裝）--

857.7 109007434